因為女朋友被學長NTR(橫刀奪愛)了，
我也要NTR(橫刀奪愛)學長的女朋友
2
Kadokawa
Fantastic Novels

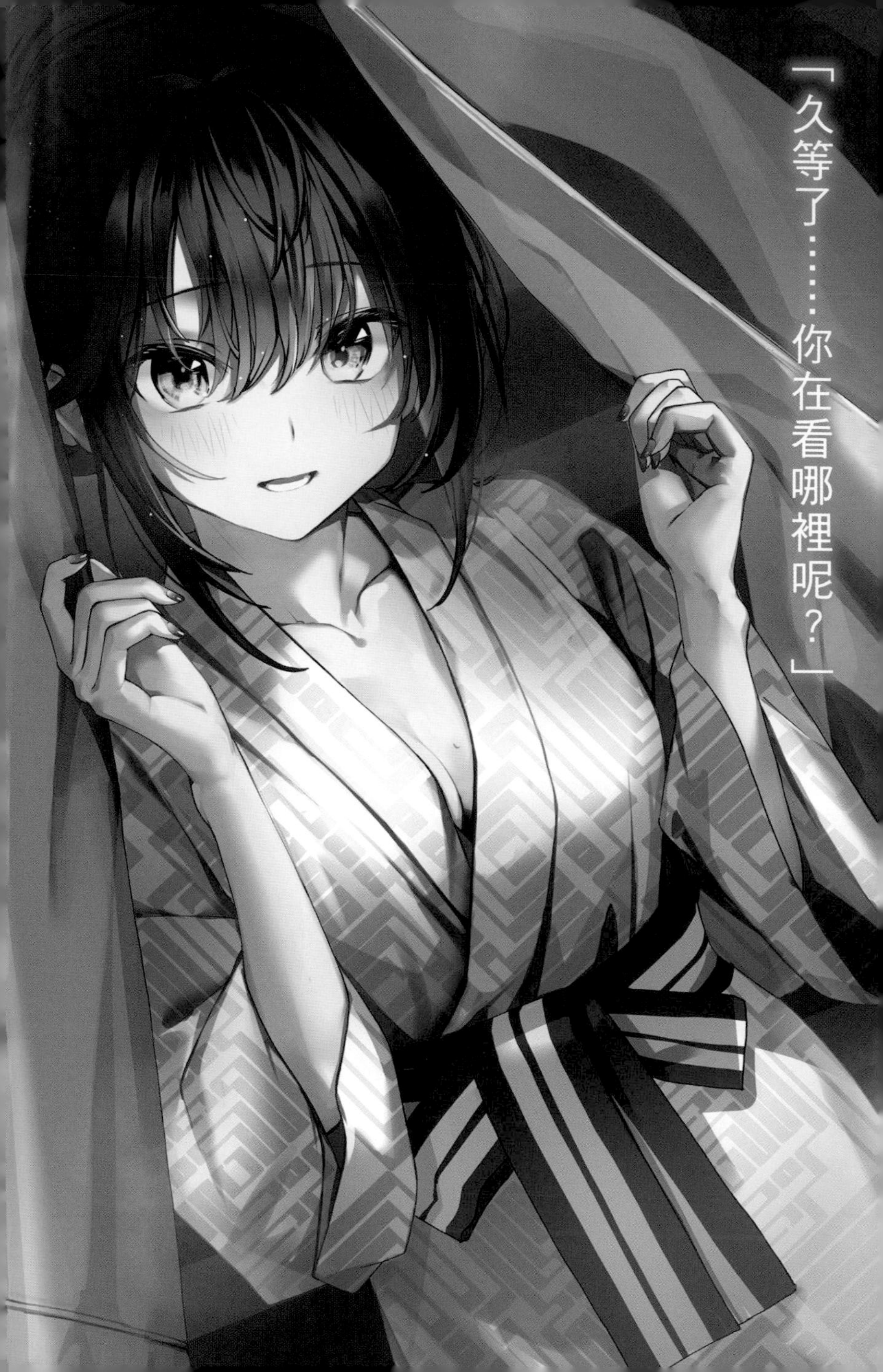
「久等了……你在看哪裡呢？」

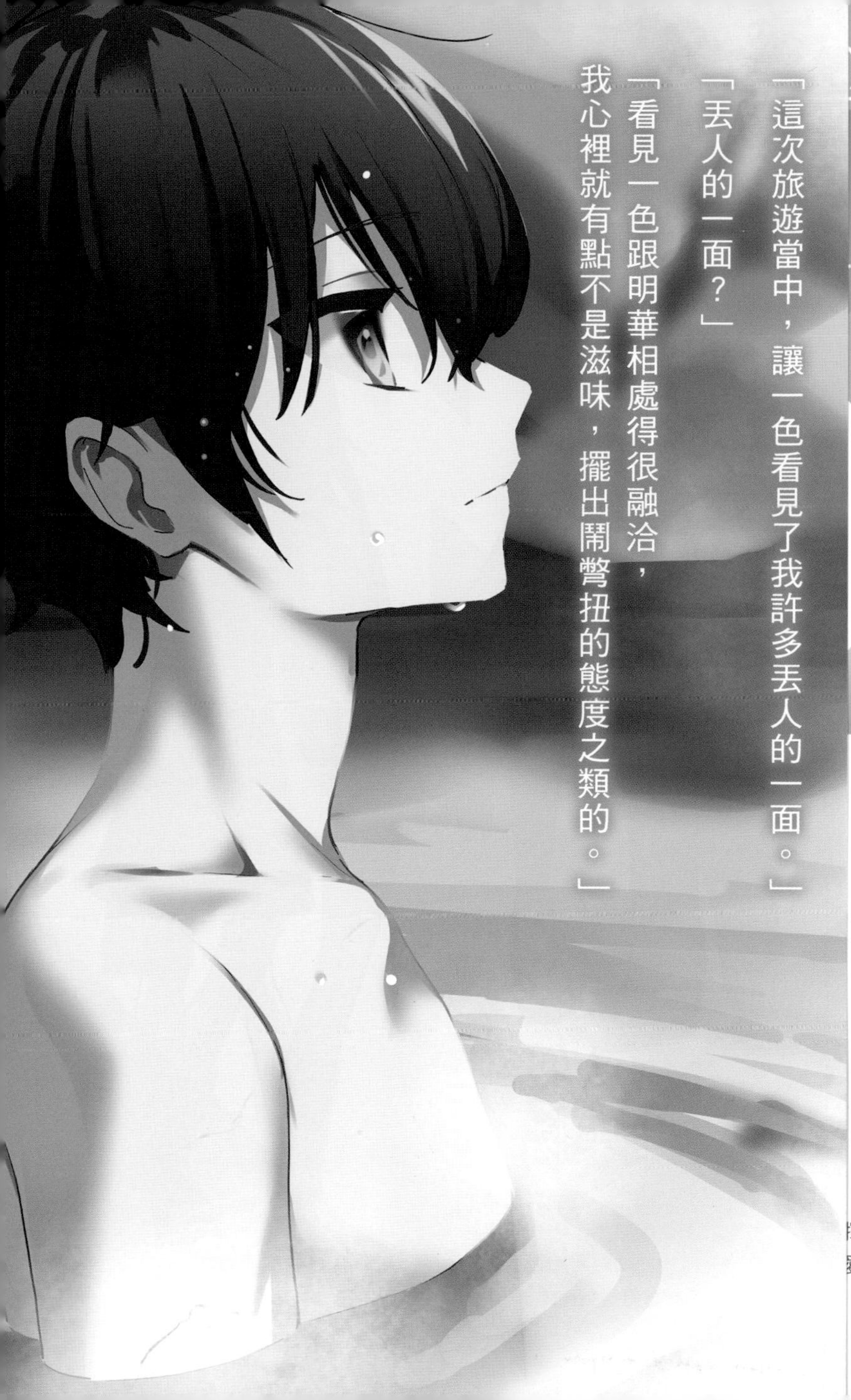
「這次旅遊當中，讓一色看見了我許多丟人的一面。」
「丟人的一面？」
「看見一色跟明華相處得很融洽，
我心裡就有點不是滋味，擺出鬧彆扭的態度之類的。」

「可是一色你有來救我，
現在也像這樣溫柔地對待我……」

因為女朋友被學長NTR了，
橫刀奪愛
我也要NTR學長的女朋友
橫刀奪愛
2
震電みひろ
illustration
加川壱互
Kadokawa
Fantastic Novels

彩頁、內文插畫／加川壱互

CONTENTS

一／X－DAY隔天的小插曲

就讀城都大學理工學院資訊工程學系一年級的一色優，遭到他這輩子初次交到的女朋友背叛，也就是被蜜本果憐劈腿。

她劈腿的對象是優高中與大學的學長，隸屬同一個同好會的鴨倉哲也。

然而，鴨倉身邊早就有個貌美的女朋友，也就是人稱「正版城都大學小姐」的櫻島燈子。

對於一色優而言，燈子其實也是他從高中時期就一直思慕的學姊。

得知女朋友劈腿的事實，優自暴自棄地要求燈子「和他一起劈腿」。

燈子卻告訴優「要展開更有效果的報復」。

方法就是「讓對方比現在更迷戀自己，並在那份情意達到頂點之際，在同好會所有人面前甩掉對方」。

起初，兩人四處奔走，收集足夠的劈腿證據。

證據確鑿後，優與燈子便擬定各式各樣的策略，並且定好了X－DAY——也就是要在平安夜對劈腿二人組復仇。

然後，X－DAY當天到來。地點是同好會耶誕派對的會場。
當燈子與鴨倉被選為最佳情侶的那一刻，她與優便宣告「要和另一半分手」。
並在許多人面前揭穿鴨倉與果憐劈腿的事實。
惱羞成怒的果憐大肆辱罵後便離開會場。
另一方面，鴨倉想方設法要挽回燈子的愛意，侮辱了優。
燈子對此震怒無比，於是揚言「今晚要與一色優一同度過」。
兩人留下呆愣在原地的鴨倉，前往位於灣岸區的飯店。
優與燈子進入飯店的其中一間客房。
就在兩人的關係終於要進展到下一步之際……
燈子對優表示：「對不起，我果然還是要回家。」
面對目瞪口呆的優——
「我至今未曾跟任何人有過肉體關係。」
「我在結婚之前，都不會做那種事。」
說出這樣的話後，燈子離開房間。
一色優到底有沒有辦法成為逆向NTR男呢？
而他的命運，究竟又會如何呢？

「……就說了，叫你別再給我加上奇怪的旁白！而且那旁白是怎樣？聽了也不曉得是從哪學來的。」

面對「哞～哞～」哼起奇怪的歌的石田，我以心情不好的口氣這麼說。

「咦，你聽不出來喔？我覺得自己學得還滿像的耶。」

石田說出了知名「銀行員日劇」的標題。

「除此之外，還有『假●騎士』和『平家物語』的版本喲。想聽聽看嗎？」

「都說過不需要了。」

他原本一臉打趣地看著真心感到厭煩的我，最後也露出傻眼的表情。

「不過你這次會被說三道四也是理所當然的喔，優。畢竟都按照計畫，順利進展到那種地步了耶？結果居然這樣收尾？聽著聽著，我都覺得難過了啦。」

說出這些話的石田「嘶、嘶～～」大聲地啜飲咖啡。

這裡是我和他時常光顧的國道一四號路邊的家庭餐廳。

X－DAY＝耶誕派對的隔天，獨自在飯店過了一晚的我，不到早上十點的退房時間就離開飯店。

石田馬上興致勃勃地傳來「昨晚怎樣？」的訊息。

於是我便跟他會合，順便吃個午餐。

「你好不容易夙願以償，對鴨倉學長跟果憐報了仇耶。燈子學姊甚至親口說『今晚要和一色一同度過』，連飯店都去了。明明已經一路鋪陳到符合期待的最佳情境，卻只因為她說『結婚前都不會做愛』，你就讓她回去？不是我要說，就連高中處男都比你更會積極進攻啦。」

石田一邊這麼說，一邊隔著咖啡杯上瞟看我。

「說得可真容易。就是因為你當時不在場，才有辦法講成這樣。你去試試看啊？聽燈子學姊斬釘截鐵地說『結婚前都不會做愛！』就算是你，一定也束手無策。」

要是我當時硬來，和燈子學姊「今後的關係」便極有可能化為烏有。

真要說起來，我和學姊連「今後該如何」這樣的話題都沒談過。

石田嘆了口氣，把咖啡杯放回桌上。

「這倒是。畢竟連那個千錘百鍊的鴨倉學長都出不了手了，你這個『非處男一年級』當然也沒辦法改變什麼。」

我沒有回答石田這句話。

不用他說，我也知道就是這麼回事。

學姊可是能讓「自信超級過剩的陽光型帥哥玩咖鴨倉哲也」無法招架，將他掌握在手中的「鐵處女」。

像我這種小角色，根本不可能動她分毫。

石田進一步說下去：

「不過仔細想想，鴨倉學長也滿可憐的耶。居然在束手無策的狀態下，被從高中時期就一直追求的女朋友甩掉，而且還覺得最愛的女性是被學弟搶走……」

我也稍微有這種感覺。

假如鴨倉劈腿的對象不是果憐，想必我也會同情他吧。

石田往後靠上椅背，仰望天花板。

「說起來，要是女朋友用『結婚前都不會做愛！』這種理由拒絕自己，後來又被有點可愛的女生示愛，八成都會劈腿吧。」

他這麼表示，隨後馬上追加上一句：「不過那個人是做得太過火了。」

「鴨倉學長後來怎樣啦？」

我和燈子學姊「宣告斷絕關係」後就直接離開派對，所以不曉得那之後的狀況。石田應該很清楚後來發生什麼事。

「他真的很沮喪喔。中崎學長似乎把他抓出去說教了一番，他好像都有點哭出來了。我還是第一次看見鴨倉學長那副德行。」

我心裡刺痛了一下。

儘管如此，其實我也沒對燈子學姊做什麼，沒必要懷著罪惡感就是了。

「那麼優，你接下來打算怎麼辦？」

石田從椅子上抬起身子，對我這麼一問。

「你是指什麼？」

「你跟燈子學姊之間的事啊。現在的你對燈子學姊迷戀得無法自拔，這點我也看得出來。所以說，今後你有打算跟燈子學姊交往嗎？」

被他直截了當地這麼一問，我略顯退縮。

「這個嘛，能交往的話應該很不錯……但也得顧慮燈子學姊的心情。我目前還沒……」

面對語尾有些語焉不詳的我，石田深思般地雙臂環胸。

「雖然只有一瞬間，但優跟學姊確實曾進展到差點建立『那種關係』的地步，我想你們順利交往的可能性並不是零……但你撐得住嗎？」

「撐得住什麼？」

我搞不清楚石田這番提問的含意。

「畢竟即使跟燈子學姊交往，你也不能在結婚前對她出手吧？這樣一來，下次就換你站在鴨倉學長的立場了。我指的是你有沒有辦法把持住自己，不被其他女生吸引啦。」

我有些不服氣地凝視石田。

「你在說什麼鬼話啊？那還用說，我絕對不會劈腿的！」

「真的嗎？你有想過要花上幾年才能結婚嗎？離大學畢業還有三年多，如果就讀研究所得再加兩年。就算出社會工作也沒辦法馬上結婚喔。即使你們持續交往，最少恐怕也要花上七年左右才能結婚吧。在那之前，你真的打算只跟她維持『純潔的交際關係』嗎？」

七年……聽他這麼一說，我的確有些動搖。

重新想想，總覺得這段時間真的很漫長。七年前的我可是還在揹小學生的書包喔。

見我陷入沉默，石田再次追擊：

「我們幾個才十九歲而已喔。即將迎來的二十出頭，是對異性的欲求更加強烈的年紀吧？而你在那段期間只能一直旁觀『燈子學姊的至高肉體』，維持『時候未到，不得出手』的狀態。甚至就算忍耐那麼久，你依舊無法肯定自己是不是真的有辦法跟燈子學姊結婚吧？」

「那也沒辦法啊。如果要那樣才能跟燈子學姊交往，我也只能認了。更何況，總不可能連我都背叛燈子學姊吧。我才不會像鴨倉學長那樣。燈子學姊之前一直激勵我，都是因為有她，我才能走到這一步。」

然而我總覺得自己的這番話，說得比石田還要沒自信。

石田再次把體重壓上椅背。

「如果是我絕對撐不住。假如要忍耐好幾年當個二度處男，而且還不曉得有沒有辦法跟燈子學姊結為連理，倒不如去找每週都能做愛一次的普通女生。」

我沒有反駁石田說的這番話，一語不發地喝起咖啡。

「順便問一下，你今後打算怎麼對燈子學姊展開攻勢？」

聽了他的提問，我再度啞口無言。

儘管燈子學姊給了我「今後也可以跟她聯繫」的答覆……但僅只如此，沒什麼具體約定。

說不定那句話單純只是場面話。

「……我目前沒有任何想法。」

「寒假期間不跟她見面嗎？」

今天開始到跨年後的一月四日，是大學的寒假期間。

「其實我剛才傳了訊息，詢問她寒假行程。」

我有氣無力地說。

「哦，結果呢？」

「寒假期間應該沒辦法見面。年底到跨年這段期間，燈子學姊似乎要跟家人一起前往夏威夷。」

……畢竟我們兩個都沒對象，是寂寞的人嘛。要再聯絡我喔，一色……

昨晚她所說的最後那句話，再次迴響於我的耳邊。

「唉～～過了最好的機會後居然是這種狀況？前途堪慮啊。」

就連石田都失望似的這麼說。

「燈子學姊說，舉家前往夏威夷度假是她家每年跨年假期的慣例。」

「燈子學姊家境挺富裕呢。」

「畢竟她的雙親都是醫生啊。家裡也很氣派喔。」

宛如要打消自然而然低落起來的氣氛般，石田開朗地開了口：

「哎呀，這樣也沒什麼不好。今年新年一起玩吧！去年我們曾在大考前一起去新年參拜嘛，今年也一起去吧！」

「兩個大男人連續兩年一起去參拜嗎？」

我儘管露出苦笑，卻仍相當感謝石田的關心。

「怎樣啦，不滿意嗎？是說之前你跟果憐交往時，我可是湧現了『今年的耶誕、新年，還有情人節就只有我單身嗎』這種空虛的感覺呢。狀況反過來變成現在這樣，真是讓人感恩不已。」

石田刻意露出不懷好意的笑容。

像這樣驅散他人的負面情緒，卻又不會給人虧欠的感受，正是石田的優點。

「煩耶～～！別對人家的不幸幸災樂禍啦～～！」

我邊笑邊這麼回他。

哎呀，這樣的你來我往，或許跟我們比較搭調也說不定。

二 新年參拜

跨年後的一月三日。

在家裡跟爸媽大眼瞪小眼、看電視的時光也差不多開始令人厭煩了。

儘管如此，悶在房裡打電動同樣很無趣。

到頭來我還是跟去年一樣，要跟石田結伴去新年參拜了。

＞（石田）今年要去哪裡參拜？

一月一日剛到，我的即時通訊平台就收到這樣的訊息。看來那傢伙也挺閒的嘛。

＞（優）去年是到明治神宮祈求順利考上大學嘛。

＞（石田）那邊有夠人擠人，受不了。

＞（優）的確。真不想特地跑去東京忍受人山人海。

＞（石田）而且情侶檔也多。你剛跟女朋友分手，不就會觸景傷情嗎？ｗ

我心想：「那個『ｗ』是什麼鬼？」同時不禁苦笑。

＞（優）要說沒女朋友很寂寞的話，你還不是一樣。算了，也好。今年就去別的地方吧。

的確，以我現在的心理狀態來看，要是四面八方都被曬恩愛的情侶包圍，想必會很不是滋味。

＞（石田）比如？

＞（優）稻毛的淺間神社，或是船橋的大神宮之類的？

＞（石田）去沒多遠的地方，遇見國中跟高中的那些人也有點……況且我爸媽會去淺間神社。換個地方比較好。

＞（優）你這人真難搞耶。那到底要去哪裡才好？

＞（石田）成田山之類的怎麼樣？離我們兩個的老家有段距離，但不會太遠。也不會像明治神宮那樣擁擠。

嗯～我覺得成田山也會人擠人就是了。

或許是認為我沒有馬上回應等同「無聲的反對」，石田又發了一段訊息過來。

＞（石田）倒不如說，沒什麼人的話也不像新年參拜吧。而且成田山那帶有鰻魚老店喔。我之前就想說要去吃一次看看了。

＞（優）好吧，那就去成田山。什麼時候去？

＞（石田）三日怎樣？上午十一點在京成幕張站前集合。聽說跨年時期成田山的停車場到處都爆滿，沒地方可停車。我們就搭電車去吧。

∨（優）收到。那就後天見嘍。

如此這般，今年我們依舊是兩個大男人一起去新年參拜。

上午十一點，氣溫還很冷之際，我在京成幕張站前等待著。

這是因為從幕張出發的話，搭ＪＲ會比較慢，不如搭京成到津田沼再去成田。

石田還沒來。

四周果然有許多特別梳妝打扮過的女生，或許她們等一下也是要去新年參拜吧。

其中也有身穿和服的女生。

……燈子學姊現在在夏威夷啊……

我茫然地思考起這種事情。

……畢竟我們兩個都沒對象，是寂寞的人嘛。要再聯絡我喔，一色……

寒假期間，我回想過燈子學姊的這番話好幾次。

Ｘ－ＤＡＹ……耶誕節前一天的那個晚上，面對說出「以後也想偶爾見個面聊聊天」的我，她回覆了那樣的話。

然而在十二月二十四日的晚上以後，我們沒有再見過半次面。

……不曉得燈子學姊穿泳裝的樣子如何呢？一定很火辣吧……

我下意識地想像著以四季如夏的海灘為背景，身穿比基尼站立的燈子學姊。

那可說是完美的體態離開海水上岸，身上盡是水珠，黑色長髮也隨著夏威夷的海風飄曳……

無論是怎樣的男人看見她的身姿，一定都會想上前向她搭話。

我的妄想沒有在這裡止步。

看見燈子學姊的金髮老外對她搭話。

受到度假勝地的解放感與氛圍影響，燈子學姊也溫和地回應那老外。

接著，金髮老外便得寸進尺地裝熟，一手繞上燈子學姊的肩頭……

……不不不，再怎麼說，燈子學姊都不可能那樣才對！她怎麼可能順著老外玩咖的搭訕……！

「抱歉，優。久等了。」

不太在意周遭觀感的大嗓門令我回過神來。

不用回頭也知道是石田的聲音。

「我也沒等多久……」

我的回應就停頓在這裡。

之所以會這樣，是因為石田背後有個女孩子。

儘管沒有打扮得很華麗，卻是個引人矚目的可愛女生。

或許是察覺到我的視線，石田轉身說明：

「今天啊，我爸媽說要跟老家那邊的人去稻毛淺間神社做新年參拜。我想說老妹獨自留在家裡也挺可憐的，於是問她『要不要一起去？』結果她說『要』，就帶她一起來嘍。」

沒錯，跟在後頭的是石田的妹妹——明華。

比我們小兩個學年的她，現在是高中二年級學生。

她就讀的學校和我們的母校不同，是私立市川女子學院。

身高應該算是比女生的平均高度再嬌小一點吧。

儘管外表給人成熟穩重的印象，但明華似乎是在田徑社十分活躍的活潑女孩。

雖然她總是對石田擺出嚴厲的態度，在我面前卻一直都是個惹人憐愛的可愛女生。

在我這個沒有兄弟姊妹的人眼中，會覺得她是「理想的妹妹」。

「新年快樂，優哥。」

她看似有些害羞地低頭鞠躬。

「新年快樂。」

我也打了個新年的招呼，又一次看著她。

明華。上次像這樣在這麼近的距離看見她，應該差不多是在一年前了吧？

考上大學後沒多久，石田便一如預料地向我邀約「一起吃頓午飯吧」，還帶了明華一起來。

在那之後，我就再也沒有和明華見面。不過隔了這一年，她變得更加可愛了。

她從以前就和粗獷的石田不同，有著一張可愛的臉蛋，現在看起來又增添了一些女人味。

「抱歉啊，沒先跟你講。」

石田窺探我的臉色，不知為何擺出一副有點尷尬的神情。

「沒事，又沒關係。我跟明華也不是第一次見面嘛。」

我的臉色看起來有那麼厭煩嗎？

照理說，我應該沒有那種想法。

要是讓明華有所顧慮也不太好，於是我露出微笑，向她搭話。

「明華，好久不見了。上次見面大概是在一年前吧？」

「是的，最後一次見面是去年二月，真的是好久不見。今天還請多多關照。」

或許是因為隔了一年沒見，她仍有些害羞吧。

她帶著有點嬌羞的感覺，如此回應。

「我也要請妳多關照了。」

聽到我這麼應答，石田的表情看似鬆了口氣——

「好，那我們就去成田山參拜吧！」

並且很有精神地對我這麼說。

前往成田山的京成電車擁擠得讓人想罵髒話。
好久沒搭上這種擠滿人的車廂了。
石田喃喃低語：「果然還是開車去比較好呢……」
「就算開車也會碰到塞車吧。而且你不是說過每個停車場都沒位子了嗎？」
「也是啦。」
我看向明華。
「明華，妳還好嗎？會不會不舒服？」
明華個子不高，我擔心她在擠滿人的電車裡受到推擠會難以呼吸。
「我沒事。平常上學習慣了。」
明華笑著這麼回應。
「喘不過氣的話要說喔。我們又不趕，中途下車休息一下也沒關係。」
聽到我這麼說，明華小小聲地說了：「謝謝。」
不知為何，我總覺得她今天似乎有些無精打采。
不，說無精打采應該不太對，畢竟她在車站見面之際曾露出笑容。
然而在我的記憶當中，國中時期的她是個更活潑的女孩子耶？
她今天看起來有點扭扭捏捏的，給人的感覺不太一樣。

……不過明華都已經是女高中生了，跟以前不太一樣或許也很正常。

我們抵達了京成成田站。

終於擺脫這可怕的擁擠人潮……

我抱持這種想法的時間十分短暫，因為成田山的參拜通道也是人山人海。

而且要參拜的人們直接沿著通道排起隊列。

「唔哇：居然排成這樣喔？」

聽到石田這麼說，我邊笑邊表示：

「這樣還是比去年的明治神宮好很多吧？至少人還有辦法穿過通道。」

「話是沒錯啦。可是天氣這麼冷還得一直乾等，受不了耶。」

我的目光轉向明華。

「明華呢？會冷嗎？」

聽到我這麼詢問，她抬起頭來，於是我們在近距離四目交會。

只見她看似慌張地移開視線，像先前那樣小小聲地回應：「我沒事。」

山門前方人潮密集，宛如一大堆螞蟻聚集在甜食上。

聚在一起的人群化為一條隊列，如同巨大蜈蚣般通過山門。

通過門後率先抵達的區塊兩側，並列著兜售土產的店舖。

走出這個區塊、渡過跨越池子的拱橋後，又轉為登上陡峭的石階梯。

成田山的正殿在有點高的山丘上，通往那裡的路徑不僅狹窄，階梯也很陡。

「啊！」

明華在石階上發出了小小的聲音。她的身體傾倒了。

我迅速地伸出手。

她也反射性地抓住我的手臂。

看來她是被周遭的人推擠，或是大衣邊角被人踩到了吧。

「謝、謝謝。」

明華害羞似的低垂目光這麼說。

「階梯很陡，人潮又很擁擠。難免會這樣啦。」

如此表示的我，仰望著石階梯上方。

石田那傢伙，竟然自顧自地一直往上走。

……這個哥哥，居然放著親妹妹不管……

我有點火大。做哥哥的不是應該更關心妹妹才對嗎？

在我思考這種事情的當下，身後的人流依舊在施加壓力，催促我們前進。

「這裡滿危險的，妳就抓住我的手臂吧。」

聽到我這麼說，明華回了聲：「好。」隨即以雙手緊緊地抓住我的手臂。

她這樣的舉動相當可愛。我一時之間有了當哥哥的感覺。

「小心腳步喔。」

我這麼提醒，維持著讓明華抓住手臂的狀態，就這樣登上石階梯。

終於來到正殿所在的山頂。

通道兩側鋪設著石子，右方則有三重塔。而正殿就在正前方。

雖說這裡算得上寬敞，但果然還是一片人海。

我環顧四周。

找不到石田的身影。

我踮起腳，更進一步察看他是否在周遭，卻依舊沒找到他的身影。

那傢伙到底跑哪去了？

「別在這種地方站著不動，快點前進啦！」

後方的中年男性看似不悅地講出這種話，還稍微推了我的背。

沒辦法。

「明華，我們先去參拜，之後離開人潮再找石田吧。別離開我身邊喔。」

聽到我這麼說，明華便使出比先前還要大的力氣，緊緊地抓住我的手臂。

我們順著人流，來到正殿前方。

然而沒辦法走到油香箱前面。巨大的油香箱前方排了好幾列的人，感覺我們還沒走到那邊就會被擠往左右側的出口。

無可奈何，只好隔著前面的人投香油錢了。

我雙手合十，開始祈求。

……希望我和燈子學姊今後能順利地拉近關係……

雖然多少覺得新年開始不久的初次參拜就許這個願有點居心不良，但這的確是現在的我最大的心願。

往旁邊一看，只見明華的手臂勾著我的手臂，一起祈求保祐。

看在他人眼裡，一定會覺得我們是男女朋友吧。

……有一大群人在這裡祈求保祐，我又跟明華顯得這麼親密，即使許了「跟燈子學姊拉近關係」的願，或許也不會多靈呢……

儘管我略略湧現了這樣的念頭，但在這樣的人海中也不可能甩開她的手臂。

不曉得明華求神保祐了什麼，她有很長一段時間都一直雙手合十。

成田山正殿所在的位置連接著人行道，可以藉此通過正殿後方的成田山公園，繞行和平大塔。

也是有滿多人往那邊過去的。

不過天氣這麼冷，我可不想特地去公園裡散步。

畢竟明華也在，要是遇上醉漢或什麼怪人就危險了。

……是說石田那傢伙，到底跑去哪裡了……？

我環顧四周。雖然人太多很難分辨，但視野所及範圍內沒有看起來像是石田的身影。

總覺得這樣不太像他。

雖說他有神經大條的地方，跟人出去之際卻不會像這樣不管別人而隨意行動。

他會不會是沒找到我們，於是先下去山門那裡了？

要從成田山正殿回到山門，有左右兩條路可以下去。

儘管不曉得石田走了哪邊，但山門只有一個，到下面應該比較容易找到他吧。

「明華，這裡人太多了，很難找到石田。我們先下去，到山門前面等他吧。」

聽到我這麼說，明華默默地點頭。

我拿出手機，傳了「我們先到下面的山門前，有土產店的那帶等你」的訊息給石田。

我們從背對正殿向前看的左側——有三重塔的那邊通過修法道場旁的狹窄石階，走下至周圍有土產店的山門前方。

我看了看手機，卻發覺方才的訊息沒有標記為「已讀」。

「明華，妳那邊有收到石田的聯絡嗎？」

她隨即拿出自己的手機，回覆我：「沒有收到。」

在排隊買土產的人潮當中，我和明華一語不發地佇立原地。

我的目光不經意地轉向明華，卻見她急忙別開臉。

到底是怎麼了？她今天真的有點怪。

總覺得她看似有什麼話想對我說。

是說今天也太冷了，冷到沒辦法一直不動。

會下意識地想要動動身子。

忽然間，我看見附近的土產店貼著一張標示「供應甜酒」的紙張。

「明華，天氣這麼冷，要不要喝點甜酒？」

明華露出像是要叫出「咦！」的表情，抬頭看我。

「那種甜酒應該不含酒精，我們喝也沒問題喔。」

如此表示的我走進入土產店，對裡面的人說：「請給我兩杯甜酒。」

店裡的阿姨用湯勺舀出鍋裡的甜酒，倒進紙杯裡。

我用雙手拿著她遞來的甜酒，把其中一杯交給明華。

「謝謝。」

這樣說著的明華以兩手捧起紙杯，「呼～～呼～～」地吹涼後喝下甜酒。

她膚色白皙的臉頰因為寒冷而染上粉紅色，連下巴都圍進圍巾的樣貌很有女高中生的調調，十分可愛。

……如果我有個妹妹，想必就是這樣的感覺吧……

我不禁莞爾地看著那樣的她。

「是說石田那傢伙，到底跑去哪了？」

我這樣自言自語後，看向明華。

「抱歉呢。像這樣跟我們一起來參拜，妳應該覺得很無聊吧。」

儘管我沒多想就講出這樣的話……

「不會。」然而明華以細小的聲音斬釘截鐵地回答：

「今天能跟優哥一起來，我很高興。」

「隔了好一段時間又能見到明華，我也覺得很高興喔。」

我以笑臉回應她。不過這有一半是場面話就是了。

「真的嗎？」

她回應的嗓音開朗得超乎我預料。

「是真的喔。畢竟妳在這一年間也變了不少呢。」

「變得怎樣呢？」

「這個嘛，應該可以說是很有女高中生的感覺？變得很有女人味了呢。在車站看到妳時，我也不禁『咦？』了一下。」

「沒想到會聽見優哥這麼說……我真的好開心。」

明華羞澀一笑，以甜酒的紙杯遮掩嘴角。

彼此像這樣聊了一下，似乎也讓她的心緒放鬆不少。

隔了一小段時間後，明華先是觀察著我，隨即開口。

「其實我有一件事情想麻煩優哥。可以聽我說嗎？」

「嗯，什麼事？前提是要我做得到喔。」

她一瞬間露出嚥下什麼似的神情，接著像是要全力吐出來般地說：

「可以請你教我課業嗎！」

「課業？妳希望我教妳課業嗎？」

我有點意外。就讀私立大學理工學院的我，熟悉的當然只有數理科目。

我之前一直以為明華想上偏重文科的大學。

「是的！我對數學、物理、化學那些一竅不通……要是不想點辦法，可能都會不及格！」

她之所以從我們見面開始便一直扭扭捏捏，或許就是因為想拜託我這件事吧。

「這點小事沒什麼問題……可是我跟石田的成績差不多喔。讓石田教妳的話不是比較好嗎？」

石田再怎麼說都是她哥。既然同住一個屋簷下，有什麼不了解的地方馬上就可以問。考量到回應速度的快慢，我覺得找石田教她會比較好。

明華卻用力地左右搖頭：

「哥哥不行。他教得很爛，而且根本不會仔細教。總是馬上就取笑我『這種問題妳也不會喔？』」

是這樣嗎？我覺得石田很照顧妹妹就是了。

我是獨生子所以不太懂，不過哥哥教導妹妹課業或許是個很難處理的狀況。

正當我想著這種事情之際，明華露出看似擔憂的神情望著我。

「這樣會給優哥添麻煩嗎？之前優哥教我數學時，教得既仔細又容易理解，我才想說『要找人教的話就找優哥』……」

她都露出這種神情了，我當然沒辦法拒絕她。

況且教導明華課業也不是什麼討厭的事。

就我的角度來看，明華是個理想的妹妹。

「才不會添什麼麻煩呢。倘若幫得上忙，我會教妳的喔。」

「真的嗎？太好了！真令人開心！」

明華在胸前交握雙手，滿面笑容。

……這樣的舉止很有女孩子的感覺，好可愛啊……

「優哥真的好體貼喔。」

「會嗎？我覺得普通耶。」

「很體貼喔，我可以掛保證！優哥是那種平常就會關心對方的人。」

她這麼說完後，低下了頭。

「可是優哥的女朋友，對優哥做了很無情的事吧？」

「咦？」

「我無意間聽見了哥哥講電話的內容。雖然覺得偷聽不太好，但那實在太過分了，我才忍不住……」

這樣啊，原來明華知道果憐劈腿的事情。石田之前也曾提過她知道。

「她竟敢欺騙優哥，背地裡跟別的男人劈腿……我沒辦法原諒她。」

明華露出不甘心似的神情，彷彿遭人劈腿的當事者就是她。

「妳為我操心讓我很高興……可是沒必要連妳都生氣吧？」

「我沒辦法原諒她嘛！居然利用優哥的體貼，做出那種行為……實在太無情了！」

「讓那種女人當女朋友的我也有錯就是了。」

「才沒那種事！優哥一點錯都沒有！」

明華斬釘截鐵地說。

「那種女人要是出現在我面前，我一定會代替優哥痛毆她一頓！」

她這麼說的同時，右手也做出甩巴掌的動作。

我有點吃驚。不過明華的確本來就是滿活潑的女生。

「哈哈，謝謝妳。」

「可是你和那個人已經分手了吧。」

「在平安夜那天分手了。雖然不像妳剛才那麼激烈，但我那陣子也一直懷著『無論如何都饒不了她』的心情。有好好地給她顏色瞧瞧了。」

我一邊回想X－DAY那天果憐和鴨倉的表情，一邊回覆。

「當時陪你一起報復的，是櫻島燈子小姐吧？」

咦……？我不禁轉向明華。

「妳認識燈子學姊嗎？」

依舊低著頭的明華點了點頭。

「是的，只知道名字就是了。但我聽說她是非常美的人。」

我覺得很意外。

「可是妳應該沒見過她才對。燈子學姊在妳上國中時已經畢業，說起來高中也不是同一間。」

石田的確和燈子學姊就讀同一所國中。想當然耳，明華也是讀同一所國中。

「是這樣沒錯，我上國中時她剛好畢業。後來我曾聽高年級的學長姊提過好幾次『櫻島燈子』這個名字。」

「原來是這樣啊。」

畢竟燈子學姊似乎從國中時期開始，在她老家那邊就是很有名的美女了。就算聽說過傳言也不是什麼奇怪的事。

「所以優哥這次打算跟燈子小姐交往嗎？」

明華這麼說完後，能看見她微微地咬緊下唇。

「不曉得耶。無論我多麼想『跟燈子學姊交往』，依舊得顧慮她的心情啊。或許該說我還沒想得那麼遠吧。」

我直率地說出心聲。

假如燈子學姊願意跟我交往，我也很樂意進入那樣的關係。

然而我不覺得那樣的她會這麼快就換對象，和我交往。

況且我也不曉得今後該怎麼跟她相處才好。

「既然如此，優哥現在是單身嘍？」

「很遺憾，誠如妳所言。所以我今天才會像這樣跟石田一起來新年參拜嘍。」

我邊苦笑邊如此回答。

結果聽見明華「嘶～～」深深地吸氣。

仔細一瞧，只見她正用雙手使勁捉住自己大衣的下襬。

「那……以後能不能……偶爾陪我出去玩呢……？」

「咦？」

「呃，不是……你看嘛，優哥在接下來的春假之類的也會滿閒的吧？那也是我在大考前最後能出去玩的機會了。然而我就讀女校，沒機會找誰一起出門……我想說優哥也在的話，就能放心出去了……」

明華紅著一張臉，看似慌張地這麼說。

看見她這樣的反應，總覺得有點好笑。

再加上即使她是死黨的妹妹，像這樣受到女孩子邀約根本不會讓我覺得討厭。

畢竟她也沒說是「想跟我單獨見面」嘛。

「這樣……不行嗎？」

明華再度露出擔憂似的神情。

「沒有，倒不是不行喔。也對，反正我很閒，偶爾也想跟明華碰碰面。」

她是石田的妹妹，況且從以前就認識我了。

應該沒必要往奇怪的方向思考。別莫名地自我感覺良好起來。

這時我是這麼想的。

「太好了！」

明華的神情瞬間變得十分開朗。

看她那樣，我的心情也明亮了起來。

「那我們下次什麼時候可以見面？」

「嗯～～我想想。不過我也馬上就要面對大學的考試了，所以短時間內應該沒辦法吧。

開始上課後就需要讀書準備考試。應該得等到二月後才能抽出時間喔。」

「這樣啊……」

明華有一瞬間露出好像很失望的神情，不過她馬上又抬起臉來：

「啊，這樣的話，既然優哥剛才都答應要教我課業了，我們能不能一起念書？你複習大學課業的時候，我也會在旁邊一起念書。如果優哥能指導我不懂的地方……」

「也是呢。如果時間搭得起來，那樣也不錯呢。」

「謝謝優哥！那就麻煩你了！」

明華動作輕快地低下頭。

「不過我不曉得自己有沒有辦法好好教導妳就是了。」

我露出苦笑，同時也覺得明華的反應令人莞爾。

「哦～～你們在這裡啊。」

隔著人潮的另一側，有個大嗓門呼喚著我們。

是石田。

我也舉起一隻手回應他。

嗯，為什麼呢？總覺得明華好像有點不高興……

「你這傢伙，到底跑去哪裡了？」

聽到我這麼問，石田沒有半點慚愧的樣子，一派輕鬆地回答：

「哎呀，我沒什麼機會來成田山嘛，所以想看看這到底是個什麼樣的地方。我跑去後頭的成田山公園那邊，繞了一圈才回來。」

「那你至少要聯絡我們啊。」

「我是有想過啦，但手機電池沒剩多少電了嘛。哎呀，反正明華有你陪著，應該也不會出什麼問題。」

他隨即看向明華。

「明華也一樣覺得沒關係吧？倒不如說能跟優一起行動還滿不錯的，對吧？」

明華果然還是鼓起了臉頰。

「你明明就可以再閒晃久一點的。」

「沒有啊，我是照說好的……」

他才剛開口，明華便以雙手用力地推向他，看似在毆打他一般。

「真多嘴！別講那些有的沒的！」

她後來就這樣背對我們。

石田露出苦笑，重新轉向我。

「是說之前我也跟你講過，成田山參拜通道的鰻魚很有名。要不要去吃吃看？」

「鰻魚聽起來是不錯。可是會不會很貴？」

「今晚我爸媽有多給我一些錢，擔心的話我借你吧。」

「倒是不用，我也有多帶點錢出來，應該沒問題。」

「這樣啊，那我們去吃吧。喂，明華，要走嘍。」

隨著這聲呼喚，我們走上成田山連接至站前的參拜通道。

明華和石田分別跟在我的左後方和右後方。

是說石田剛才是想講什麼講到一半呢？

忽然，我覺得手臂被輕輕地拉住。

定睛一瞧，只見明華輕捏般地揪住我的大衣袖子。

當我與她四目交會，她便有點害羞似的，對我露出可愛的笑容。

三　在大學裡頭傳得很開耶

跨年後第一次上課那天。
我稍微提早進入教室。
差不多再過半個月就要開始第二學期的考試了。
於是我在圖書館借了必要的參考書，然後直接提前進入教室。
不過以結果來說，此舉是個失誤。
比我晚進教室的學生紛紛盯著我瞧。
當我看向他們後，有些人立刻錯開視線，也有些人浮現詭異笑容看著我。
其中不乏三不五時就看向我這邊，竊竊私語著什麼的人。
以前從沒發生過這種事。那種視線令人厭惡。
我不打算理會那些人，翻開課本及剛借來的參考書。
儘管內容相當基礎，是關於「網路的七層架構」的部分，我的腦袋卻完全無法吸收。
在這種無法冷靜下來的狀況下，我察覺有人來到身旁。
對方「咚」的一聲，坐到我隔壁。

「你就是一色優吧？」

忽然間，那人向我搭話。

我抬起頭，看向對方。

他是同科系的大一男生，但我從來沒跟他說過話。

棕髮加上曬黑的面容，以及耳朵上的兩個耳環。在理工學院很少有這種類型的人。

「是沒錯。找我有什麼事？」

結果那傢伙露出讓人有些不舒服的笑容，這麼說道：

「聽說你啊，在平安夜跟大二的櫻島燈子打過炮了，真的假的？」

我不知道該如何回答才好。

要是在這裡回答「ＹＥＳ」，流言將會傳得更廣。

這樣不曉得會不會給燈子學姊添麻煩？

可是回答「ＮＯ」的話，至今的一切辛勞就會化為烏有。

無論如何都不能不經大腦而隨意回答。

況且面對這個浮現下流笑容又沒什麼交情的男人，我也沒那個心情回答。

「天曉得？」

我不帶感情地如此回應。

「別隱瞞嘛。告訴我不就好了。」

「我沒理由說給你聽吧？」

結果男人矖黑的臉瞬間湊近。

「畢竟再怎麼說，櫻島燈子都是這所大學的知名美女嘛。既然被稱作『正版城都大學小姐』，聽說那種名人跟同學年的人打過炮，怎麼可能不在意呢？」

我貫徹無言的態度。

被人像這樣出於好奇地詢問，實在不快到極點。

「而且啊，她的身材也有夠辣，明明身軀纖瘦卻有那麼大的胸部。儘管不易親近又給人高高在上的感覺，但她那樣也算是挺令人興奮的。可以的話，我也想跟她打一炮呢。」

我瞪向那個男人。

燈子學姊被這種傢伙品頭論足，對我來說比什麼都令人不快。

看見我這種反應，男人擺出嬉笑的表情。

「喂喂，別擺出可怕的臉色瞪我啦。畢竟你們的事蹟很出名啊。『在同好會的耶誕派對上一起甩掉之前交往的對象，然後互相把對方當作新對象，消失在飯店』。據說你們兩個都人不可貌相，還滿會搞的呢。」

「那種話你是聽誰說的？」

說出這句話的人並不是我。

我的身後傳來了大膽無懼的嗓音。

回頭一看，只見石田來了。

他擺出與平時不同的險惡神情。

相貌粗獷的他擺出這種神情，令人感受到強烈的魄力。

石田接著說：

「那是他們本來交往的對象先劈腿的。優和燈子學姊在當事人面前揭穿事實，與對方斷絕關係。沒人有資格對他們倆說三道四。」

結果那男的似乎被石田嚇到了。

「呃，別那麼認真啦。我只是看到社群網路上有人傳成那樣，感覺有點在意才想問問看而已。」

「優不是說『沒理由說給你聽』了嗎？」

那傢伙看似膽怯了起來。

「我也沒有要批評一色的意思喔。別氣成那樣，是我不好啦。」

那男的如此說著，起身移動到別的位子上了。

石田坐到我身邊。

「謝謝。還好有你幫我解圍啊，石田。」

我老實地向他答謝。

「沒什麼啦。畢竟他剛才講的那些話也讓我很不爽。」

接著，石田把臉湊了過來，小聲地說：

「然而耶誕派對那起事件後，你跟燈子學姊的事情確實傳得很開，也有很多人找我問你的事情。」

聽他這麼講，我不禁嘆了口氣：

「被傳得那麼開，不知道燈子學姊撐不撐得住？」

「我也在擔心這點。既然是燈子學姊，我想她不會那麼輕易就垂頭喪氣。但再怎麼說她都是位女性啊。」

「我晚點去看看燈子學姊。」

「也好。搞不好燈子學姊同樣被奇怪的傢伙纏上，正覺得很困擾呢。然而你最好別在太顯眼的地方找燈子學姊搭話喔。一個不小心可能會為現在的傳言火上加油。」

我又嘆了口氣。其實我明言「我跟燈子學姊之間什麼都沒有」應該是最好的方式，卻也沒辦法這麼做。

當石田拿出課本之際，我想起新年參拜時的事。

真想問問他當時是怎麼了。

「我換個話題喔，石田。新年參拜那時你是怎樣？一點都不像你。」

換作平時的石田，不會像當時那樣只管自己先走。他是滿會顧慮周遭的那種人。回家以後，他那天的狀況依舊令我無法釋懷。

石田的手抖了一下便僵住不動。他隨即刻意擺出一張笑臉。

「呃，只是碰巧走散了而已。碰巧的啦。」

這傢伙的表情令我困惑不已。

通常他會擺出這種表情，都是在說謊或有什麼事想隱瞞之際。

「石田，你在隱瞞什麼？」

我進一步追問。只見石田的笑容有點抽搐。

「快說啦。你當時有什麼目的嗎？」

石田「唉～～」地輕嘆了口氣。

「哎呀，其實跨年有手遊的特別轉蛋。」

「啥？」這傢伙到底要講什麼？

「這次的轉蛋有夠猛的喔，是鐵定可以抽到ＳＳＲ的那種。而且十連抽、二十連抽還會讓機率變得更大。」

「喂，我是問你新年參拜那時的事……」

「可是啊，卡池裡頭我想抽到的角色不只一個。結果抽卡抽過頭，課金額度比我想像中還要多。」

石田不給我機會說話，自顧自地把話題推展下去。

「所以我就跟明華稍微借了點壓歲錢啦。她跟我說，借我錢的交換條件是『要有個機會跟優單獨說上話』。」

……明華這麼說？

我看著邊搔頭邊露出尷尬笑容的石田，心中滿是疑問。

「呃，明華的確有跟我說『希望我教她課業』……可是那應該不是你在場就不能講的事吧？」

結果這次換石田盯著我。

「明華對你講的只有這個？」

「再來大概是說如果我也很閒，偶爾可以陪她一起出去玩這樣。」

「你可真是遲鈍耶。看來這下會很辛苦了。」

石田自言自語般地碎碎念。

「怎樣啦？有什麼想說的話就說清楚啊。」

不符合石田個性的態度讓我有點煩躁。

「總之就是明華想跟優說說話嘍。」

他打算以這句話來中斷話題。

「這我知道。然而做哥哥的拋下妹妹不管，跑去其他地方不太好喔。如果我是什麼怪人該怎麼辦？明華很可愛，你得多注意一點啦。」

「這點我不擔心。我很了解她跟你在一起的話，絕對不會發生什麼奇怪的事。畢竟你是標榜『安全、安心』且無添加無農藥、人畜無害的男人嘛。」
隨著他這麼表示，開始上課的鐘聲響起了。
後來依舊有別的蠢蛋在休息時間來問我「X－DAY那晚」的事情。
也有許多人帶著好奇的目光看我。
到最後一堂課時，我的內心真的是疲倦不堪了。
……燈子學姊不知道撐不撐得住……？
我感受到心中的不安愈來愈沉重。
自尊心很強、貞操觀念也根深柢固的她，受到周遭的人用這種目光看待，到底有沒有辦法忍受呢？
好，上完課之後，就去燈子學姊的教室看看吧。
這堂課沒跟石田一起上，剛好方便行動。
我拿出手機，查詢理工學院資訊工程學系二年級的課表。
現在這個時間，燈子學姊應該在三號館二樓的教室。
眼下我身處四號館，離那裡有段不短的距離。
得加緊腳步才行。不然在我抵達之前，燈子學姊就會離開校舍了吧。
而且……我無論如何都想見上燈子學姊一面。

X－DAY之後，我們就再也沒有見過面了。即使只有一下子也好，我想跟她說說話。

因為我一直有種預感，要是我們之間什麼都沒發生，就這樣直接進入春假，我跟燈子學姊的距離便會拉遠到令人絕望的地步。

「那麼，我來發整理了這次考試範圍重點的講義嘍。由前面的同學往後傳吧。」

老師在課堂結束的鐘聲響起後如此表示，從前排開始發放講義。

唔～～這個老師平常都會在打鐘前五分鐘下課的，今天居然這樣！

不過他應該也是關心學生，懷著「希望學生能夠拿到高一點的分數」的念頭吧。

坐得比較前面、已經拿到講義的人先離開了教室。

可惡，我為了能盡快出去而坐在教室後頭可真是失策。

我抽了張隔了好一段時間才傳來的講義後往後傳，接著快如閃電地衝出教室。

然而其他教室同樣上完課的學生已經湧上走廊。

……拜託，一定要趕上啊……！

狹窄的走廊擠滿學生。我像是要鑽進他們之間的空隙般急忙趕路。

這莫名讓我想起高中時期練習籃球的狀況。

當我好不容易抵達三號館二樓之際──

只見走廊另一側出現了燈子學姊的身影！

……太好了，我趕上了……！

燈子學姊應該是打算回家吧？她正往與我所在處不同側的階梯移動。

我繼續劃開人海，匆忙趕過去。

然而差不多靠近到距離五公尺時……我停下腳步。

因為燈子學姊正跟另外兩個女生走在一起。

我看見她們開心似的談笑著。

有三個女生在，我再怎樣都沒膽突然介入。

畢竟在耶誕派對那起事件後，我跟燈子學姊都是眾所矚目的對象。

倘若學姊獨自行動倒還好，我的神經可沒大條到會在女生跟女生聊天之際過去打斷。那種行為看在周遭的人眼裡，一定也會覺得很奇怪吧。

我目送燈子學姊走下階梯的身影，勢頭一下子洩氣許多。

在一月初的黃昏之中，電車裡頭的我茫然地望著外頭，如此心想：

……到頭來，X－DAY過後，我跟燈子學姊連一個字都沒有聊到呢……

我不禁嘆了口氣。儘管我後來造訪了燈子學姊的教室兩次，但她總是跟朋友在一起，我沒辦法跟她交談。

耶誕派對後，燈子學姊離開飯店房間之際，我曾對她說：「希望今後也能見面。」

燈子學姊笑著答應了我。

然而在那之後，我沒跟燈子學姊講過半次話。

燈子學姊在歲末年初時和家人一起去旅行了。

由於她的父母平時忙於工作，跨年期間的旅行似乎就成了專屬於一家人的重要時刻。

既然她已經對我這麼表示，我很難發出邀約的訊息。

我們在即時通訊平台上的訊息也就只有「新年快樂」，以及互相通知近況而已。

我從口袋中拿出手機，打開即時通訊平台的Ａｐｐ。

那是因應「報復鴨倉與果憐的計畫」而創建，只有我和燈子學姊的聊天室。

明明是不久前的事，我卻已經覺得有點懷念。

現在回想起來，「報復計畫」的那段日子對我來說相當充實。我覺得那是自己跟燈子學姊之間十分珍貴的時光。

與燈子學姊相處的記憶伴隨著憂傷的情感，在我的心中甦醒。

可是……在那之後，我不僅沒能跟她見面，連說上一句話都沒辦法。

……燈子學姊是不是已經不打算再跟我見面了呢……？

……畢竟「造成對方心靈創傷」的報復都已經結束了。我們也沒說好要在那之後開始交往……

……儘管我從高中時期就思慕著她，燈子學姊卻不同。對她而言，我只是「一大群學弟妹的其中之一」罷了……

或許是受到夕陽影響吧，我心中湧現這種悲觀的心緒。

但我搖了搖頭，揮散這種想法。

……不，我跟燈子學姊已經不是「單純的學姊與學弟」這樣的關係了。

一如我覺得燈子學姊是無可取代的存在，燈子學姊應該也會將我視為特別的存在。

再怎麼說，我們都共享了「受到另一半背叛」的悲傷，而且有著一同跨越那份痛苦的交情。

我不經意地一看，發覺沒被操作的手機進入了睡眠狀態。

我把手機放回口袋裡。

那一週的週五，我也在最後一堂課結束的同時，朝燈子學姊上課的教室飛奔而去。

今天的老師只講了考試重點便早早結束課程。

對於現在的我來說這樣很好，然而以課程角度來看便會覺得是不是不太行，讓我心情有點複雜。

當我抵達時，那間教室的課已經上完了。

教室的門打開，幾名學生走了出來。

我從那扇門窺探教室裡頭。大多數的學生好像都已經不在室內。

感到不安的同時，我的視線也巡了幾次……

有了，是燈子學姊。她在教室正中央那帶坐著。

然而她並非一個人，而是被兩個男人左右包夾。

那兩人是誰啊……我一瞬間產生了窒息般的不適感。不過仔細一看，便發覺燈子學姊似乎沒搭理那兩人。

但兩側的男人看來沒有細心到能察覺她那樣的態度。

「妳今天應該還有空吧，燈子？機會難得，跟我們去喝一杯嘛。」

「對對對，我們都是同一所大學的學生啊。妳就當作認識新朋友，拉近關係，如何？」

其中一個男人留著棕色長髮，下巴蓄著鬍子；另一人則是染成金色的貝克漢髮型。

兩人看起來完全就是玩咖。

是說他們應該是很有名的打炮團成員吧？

常在學生餐廳群聚，惹人厭惡的一票人。

燈子學姊沒有迎上兩人的視線，把課本放進包包後便站起身。

然而兩側都被男人擋住，她沒辦法走上通道。

「請你們讓開。」

燈子學姊以冰冷的嗓音這麼說。

「妳也不用提防成這樣嘛。我們知道不錯的店喔。」

「難得的大學生活就是該好好享受一番啊。人生當中可以遊樂的時期，只有現在而已喔。」

周遭學生的目光轉向燈子學姊與那兩個男人，卻沒人打算制止。或許是害怕牽涉其中會惹上麻煩吧。

我……原本想要衝過去，但終究還是停下腳步。

畢竟發生過耶誕派對那起事件，要是我這時過去，搞不好會讓燈子學姊給人的印象更糟？

「我要念書準備考試，沒那個美國時間陪你們。」

燈子學姊毫不隱瞞不悅地說。

兩個玩咖男卻沒有要退縮的意思。

「別說這種話嘛。只不過是去喝點小酒，沒什麼大不了的呀。」

「學生時期多擴展人脈會比較好喔。況且燈子現在也是單身吧？」

——不想再浪費時間理他們——

或許是懷著這種想法，燈子學姊硬是要從棕髮男身旁通過。

然而他擋住了燈子學姊的去路，看樣子是不打算放人走。

「別這樣嘛，我們話都還沒說完呢。而且逃避可不是件好事喔。」

擋在前方的棕髮男這麼說完後，背後的金髮男便抓住燈子學姊的包包。

「揹這麼重的包包，肩膀不是會很僵硬嗎？我來幫妳拿吧。」

「給我讓開！別碰我！」

這可不是該顧慮他人目光的時候！

我衝進教室，立刻飛奔至燈子學姊所在的位置，硬是鑽進三人之間。

先是從金髮男手中扯回燈子學姊的包包，再撞開棕髮男。

失去平衡的棕髮男在通道上搖搖晃晃。

「燈子學姊，來這邊！」

這麼說的我一邊走上通道，一邊將她拉到身後，並且狠狠瞪著眼前的棕髮和金髮男。

看見突然出現的我，兩個玩咖男似乎呆愣了一下，不過馬上就顯露怒火。

「這傢伙是怎樣？」

「你搞什麼！」

我也對那兩人瞪回去。

「你們怎麼還好意思問？燈子學姊明明這麼不開心，居然還硬逼她！」

然而兩人從裡到外都是不折不扣的玩咖男，即使講道理好像也沒辦法讓他們聽進去。

「她到底開不開心，你這傢伙又怎麼會知道！」

「她也想被邀約吧。要是討厭早就該逃走了啊？你怎麼有臉說我們逼她啊？」

「開什麼玩笑！」我怒吼出聲：

「剛才如果不是在逼她是什麼！燈子學姊都想走了，你們兩個卻包夾她，不讓她離開！

還搶走她的包包脅迫她！」

棕髮男浮現下流的笑容：

「才沒那回事咧。如果她真的討厭，大可推開我們跑走。既然沒那麼做，表示她是真心想要玩玩嘛。擺出拒絕我們的態度，說不定也只是演給別人看啊。」

「最好是！燈子學姊才不會那樣！」

「就是會那樣啊。你不曉得嗎？關於她的傳言。聽說她在耶誕派對甩了男朋友，然後跟學弟跑去飯店裡恩愛嘍。這種女人喔……」

就在我怒不可遏，想要痛毆棕髮男那張臉之際——

棕髮男背後的金髮男手指向我：

「喂，這傢伙，不就是大家口中的那個學弟嗎～～？在耶誕派對甩掉女朋友，跟燈子一起去飯店的那個。」

聽他這麼一說，棕髮男再次凝視我：

「原來你就是那個當事人啊？記得是理工學院一年級的，名字叫一色優吧。」

我一瞬間啞口無言。但是可不能在這種時候退縮。

「是又怎樣？」

棕髮男臉上的笑容變得更加沒品。

「什麼嘛，是因為這樣才來多管閒事？你這傢伙難道是燈子新交的男朋友嗎？」

我沒辦法馬上回嘴，畢竟我沒那個立場自稱燈子學姊的男朋友。

「不是男友的話就閃一邊去。你才沒那個資格對我們說三道四呢。」

或許是察覺到我有所猶豫，金髮男露出宛如看透一切的笑容這麼說。

「少胡說八道！我才不會讓你們這種人繼續接觸燈子學姊！」

正當我這麼說時——

「你們幾個到底在做什麼！」

傳來了尖銳的女性嗓音。

只見三個女生瞪著我們，走了過來。

其中兩人是之前跟燈子學姊在一起的女生。

當她們過來圍住燈子學姊後，帶頭的短髮女生如此表示：

「我們剛才去叫教務課的人了。你們三個到底想對燈子做什麼！」

「咦，我……」

「要是硬逼她做什麼事情，我會讓你們吃不完兜著走喔。」

短髮的女生沒有給我機會繼續辯解。

她雖然不高，卻散發深不見底的壓迫感。

有這種感受的人似乎不只我，兩個玩咖男應該也被她震懾住了。

「沒啦，我們又沒有要做什麼。」

「只是邀她去喝一杯而已啊，別大驚小怪嘛。」

他們這麼說完後就急忙離開現場。

短髮的女生隨即瞪向我。

「你還是打算對燈子做些什麼嗎？」

「妳誤會了，久美。一色是來替我解圍的。」

燈子學姊急忙介入。

被稱作久美的短髮女生一瞬間露出「咦！」的表情，但馬上又轉回原本的險惡神色。

「原來你就是一色優……」

儘管她細語著我的名字，嚴厲的神情卻沒有任何改變。

仔細一看，只見另外兩名女生也用險惡的目光瞪著我。

然後久美學姊一個轉身背對我，說了聲：「走吧。」催促燈子學姊和另外兩人。

她們像是要護衛燈子學姊般地圍住她，邁出步伐。

不過，只有久美學姊在離我一小段距離之處停下腳步，回過頭來瞥了我一眼。

「你叫一色吧？我曾聽燈子說那並非你的錯。但你有沒有想過自己對燈子造成了多大的困擾？」

聽見她這番話，我不禁全身僵直。

……燈子學姊果然……

「久美，我沒有感到困擾之類的喔……而且一色也不必為此負責吧。」

儘管燈子學姊回過頭來這麼說，久美學姊和另外兩人依舊聽不進去。

「你要是為燈子著想，這陣子就先別靠近她吧。」

留下這句話之後，久美學姊便在燈子學姊背後推了她一把，離開教室。

隔週的星期二傍晚，第四堂課程結束後。

我坐在位於中庭的長椅上，茫然地看著大學占地內的樹木。

中庭四周被校舍團團包圍，這樣的構造讓今天的我感受到沉悶的壓迫感。

絕大部分的樹葉皆已凋零，有種令人心生寂寞的氛圍。

順帶一提，這裡地下有著一間咖啡廳。

今天燈子學姊應該只有上三堂課，想必已經不在學校裡頭了吧。

再加上下星期就要開始考試了。

……我今天也沒能跟燈子學姊說上話……

今天早上走出車站之際，我曾看見燈子學姊，卻在回想起週五那件事後，無法上前找她搭話。

……開始考試之後，就沒什麼機會可以和燈子學姊碰面了呢……

大一和大二的考試時程不同。

所以我能見到燈子學姊的機會將大幅減少。

……燈子學姊到底是怎麼看待我的呢？眼下是不是單純視我為其中一個學弟而已？

總覺得像現在這樣只能用目光追尋燈子學姊身影的情況，就像回到了高中時期。我可真是一點長進都沒有啊……

……你有沒有想過自己對燈子造成了多大的困擾……？

前幾天久美學姊對我說過的話，在腦海裡迴響著。

她說的對，或許我滿腦子只想著「對果憐和鴨倉復仇」，從未深思會有什麼後果。

既然都做到那種地步了，後來成為周遭的話題也是理所當然的。

不只流言廣傳，甚至還出現了說三道四的傢伙，以及莫名其妙纏上來的人。

我倒是還好。身為男生，只要講句「有夠煩的啦」抱怨一下再忍耐一陣子就沒事了。

然而身為女性的燈子學姊，或許光是流言廣傳就讓她十分痛苦。

況且想必也會有人像之前那兩個玩咖一樣，認為她是「很隨便的女人」而去糾纏她。

……果然還是暫時不要靠近燈子學姊比較好嗎……

咻！寒冷的風拂來。

那陣風冷得彷彿穿透了身體。總覺得比起透進肉體，更像是直接滲入內心。

我莫名覺得悽涼，或者該說寂寞……就在這種感覺籠罩全身之際——

「唔哇！」

我不禁叫出聲，仰起身子。
因為有個溫熱的東西忽然碰上了我的臉頰。
「對、對不起。嚇到你了嗎？」
轉身過去的我，看見的是拿著兩個加蓋的杯子、佇立著的燈子學姊。
由於我反應太大，反而讓她驚訝萬分。
「呃，不，我沒事。只是太突然了，有點驚訝而已。」
「我本來是想給你一個驚喜，沒想到你會有那麼大的反應。對不起。」
燈子學姊再次開口道歉，然後坐到我身旁，把杯子遞給我。
「來，給你，這是咖啡。畢竟這裡滿冷的。」
「謝、謝謝學姊。」
接下杯子後的我打算拿出錢包，不過燈子學姊說了聲：「沒關係。」制止了我。
「你在想些什麼呢？看你整個人有氣無力的？」
當我打開杯蓋的飲用開口，她這麼詢問我。
「也沒什麼，不是在想什麼特別的事。」
心跳加速的同時，我如此回應。
畢竟直到剛才都還在腦海裡頭的人，現在就在我的眼前。
光是想到燈子學姊坐在身邊，我胸口的鼓動便更加劇烈。

總覺得我這樣的反應簡直就像個國中生。

「你該不會是在想週五的事吧？」

燈子學姊擔憂似的窺探我的面容。

「不，沒有……」

講到這裡，我突然覺得「或許還是老實說比較好」。

「說實話，有一部分是在想那件事沒錯。我在想……自己是不是給燈子學姊添了很多麻煩。」

「沒那種事！」

燈子學姊以強烈的口氣如此否定。

「沒那回事喔，一色一點錯都沒有。歸根究柢，那個復仇計畫也是我提出來的。」

她重新面向我，慎重地向我低頭：

「對不起，都是因為我才害你被說成那樣。儘管我已經對大家說明過了，可是久美她們……她是我的同學……因為很擔心我而說了那樣的話。都是因為我說明得不夠詳細，她才會對你說出那麼失禮的話。真的很對不起。」

總覺得她說到最後時，聲音微微地顫抖著。

「呃，請別這麼愧疚。畢竟燈子學姊受到的傷害的確比我還要多，我才覺得很對不起學姊。」

然而燈子學姊仍低垂著頭。

「那個，學姊真的不需要道歉。週五發生的事情我不在意，倒不如說其實讓我有點安心。」

「咦？」

燈子學姊抬起頭。儘管她露出意外的神情，但眼角果然有點泛紅。

「因為久美學姊她們平時就像那樣守護著燈子學姊吧。我之前一直很擔心燈子學姊會不會被奇怪的人纏上，畢竟我沒辦法跟燈子學姊待在一起……所以覺得久美學姊她們如果像那樣守護燈子學姊，應該就可以安心了吧。」

聽見我這麼說，燈子學姊臉上浮現泫然欲泣，看起來卻也很開心的笑容。

「一色一直在擔心我嗎？」

「呃、嗯，這是當然的……」

「你真溫柔呢……」

我不禁低垂視線。

這是因為我第一次看見燈子學姊露出那種表情，莫名覺得害羞不已。

與此同時……我也產生了「想緊緊抱住她」的強烈思緒。

「謝謝你，一色……」

這句話從視野外傳了過來，伴隨著溫暖的心緒……

為了壓抑心中湧現的情感，我提起別的話題。

「燈子學姊為什麼會來這裡呢？今天的課程不是比較早結束嗎？」

聞言，她面向前方，雙手換成像是要包覆杯子的姿勢，捧著咖啡。

「是這樣沒錯，但我想在學校稍微自習一下。畢竟也沒必要急著回家。」

此時她像是要窺探我的表情，瞥了我一眼。

「原來是這樣啊。不過燈子學姊似乎總是跟朋友——應該是先前曾經遇到的久美學姊她們——待在一起，而且很快就回家了，我還以為學姊很忙呢。」

燈子學姊轉向我，露出看似有些不滿的神情。

「總是跟朋友在一起的人明明就是一色。你往返校園之際都跟石田在一起，在校內也是跟同系的朋友待在一起吧？」

「咦……」

我不禁凝視燈子學姊。

……燈子學姊該不會也一直觀察著我？

「但我曾想說看看能不能跟燈子學姊說上話……跑去學姊上課的教室好幾次……結果學姊總是跟班上的人待在一起。」

這次換成燈子學姊瞪大眼睛。

過了一小段時間後，她似乎覺得很有趣而「噗呵」噴笑出來。

「我們兩個是不是時機都抓得很不好啊？」

聽學姊這麼說，我也受她影響，笑了出來。

「或許是這樣呢。可以說我們老是沒對上線吧。」

彼此原本忍住的笑意都盈溢而出。

笑了一陣子之後，她在托特包裡頭翻找著。

「我來這裡的另一個原因，是有東西想拿給你。」

她這麼說而遞給我的，是個不透明且偏厚的塑膠袋。

「這是？」

「夏威夷的伴手禮。是一件T恤就是了，不知道適不適合？」

「可以打開來看嗎？」

「請開。」

我打開袋子，把放在裡面的T恤攤開來看。

T恤的底色是深藍，上頭的胭脂紅圖標則寫著「88TEES」。

「不知道你喜不喜歡？」

「嗯，我很喜歡。謝謝學姊。」

因為她說是夏威夷的伴手禮，我本來想像的是花樣更搶眼的T恤，還好是比較樸素的款式。

「其實88TEES的可愛角色圖案比較多人穿，但我想一色應該比較喜歡樸素點的。」

「是啊，這種款式在日本穿也不會太高調。我會好好珍惜的。」

「太好了。其實我本來有點擔心，不知道符不符合你的品味。」

燈子學姊開心似的對我說著。

我把T恤折成原本的樣子放回袋子裡頭，再收進我的日用包。

看著這樣的我，燈子學姊開了口：

「那你找我有什麼事呢？」

「其中一件就是剛才說的，我很擔心燈子學姊。另外則是……」

她一語不發地等待我的下一句話。

「另外就是那個……很快就要大考了。考試期間應該沒什麼機會見面，況且考完試就要放春假了。所以在那之前……」

我沒有繼續說下去。

畢竟我也沒什麼具體的想法。

只是想見燈子學姊、想跟學姊說上話。就只是這樣而已。

我不想就這樣回到「僅是學姊與學弟的關係」。

燈子學姊凝視我的臉好一陣子，最後終於拿著杯子站起身。

她把杯子放進一小段距離外的專用垃圾筒，接著回到我面前，將兩手交握在背後，彎下腰來盯著我的面孔。

「是說，現在還有哪裡有點燈嗎？」

「點燈……嗎？」

「是啊。我們耶誕節光是忙復仇計畫就忙不過來了吧，總覺得都沒體會到耶誕佳節的氣氛。」

我抬起頭看著燈子學姊，只見她的目光帶著溫柔的笑意。

「就這樣結束的話會覺得少了些什麼吧？要不要就我們兩個，重新過耶誕節？」

「說得也是！那麼考試結束後一起去看看如何呢？我會找找看的，應該還有地方有點燈才對！」

我以開朗的聲音這麼說，站起身來。

「謝謝。我會好好期待的。」

說出這句話的燈子學姊神情受到夕陽照耀，宛如少女般十分閃亮。

這天我也陷入飄飄欲仙的狀態。

會這樣是因為兩天前，燈子學姊對我說：「要不要就我們兩個，重新過耶誕節？」我從沒想過，居然會是她主動邀我。

跟燈子學姊一起觀看夜晚點燈，只屬於我們兩人的重返耶誕。

總覺得今後的人生全部都是玫瑰色的。

只因為燈子學姊一句話就得意成這樣，連我都覺得自己很好哄。不過男人都是這樣的吧。

如此這般，我昨天也上網查詢「二月仍有點燈的地方」查到很晚。

晚上點亮的燈飾果然還是以耶誕時期為主。不過銀座日比谷或丸之內、六本木、汐留等地，似乎二月也會持續點燈。

……跟燈子學姊一起買東西、吃晚餐、看耶誕燈飾。然後我們兩人……

……燈子學姊抬起頭，望向晚上點亮的燈飾。

而我就在身邊側眼看著她……

「其實我也很寂寞喔。」

她低語似的說出這句話。

「我也是。還以為燈子學姊不打算再見我了……」

燈子學姊的頭隨即悄悄地貼上我的肩膀……

「才沒那回事呢。從今以後，我們也要永遠在一起喔。」

我跟燈子學姊的手自然而然地交疊……

噗咻～喀噹。

我回過神來抬起頭，結果剛好是列車車門關閉的瞬間。

而且這站是我要下車的車站……

……糟了！我沉浸在妄想世界中太久，竟然坐過站……！

可惡，看來我被石田傳染愛妄想的習慣了。

坐過一站的我壓線趕上第一堂的經濟學課程。

（因為老師已經到了，正確來說應該是「趕上點名」就是了。）

不過我進入教室時，已經差不多坐滿了人。

……這堂課有這麼多人選修嗎……？

我一邊這麼想，一邊將學生證蓋在讀卡機上，坐到教室後方最靠近出入口的那一排。

六人桌整齊地縱橫排列在這間教室裡。

顧慮到「接下來衝進教室的人」，我移動至六人桌靠內側的座位。

我拿出經濟學的課本翻開。主修科目當然不能被當，但通識課要是被當掉，之後也會很難處理。雖說我沒有一定要拿到好成績之類的目標，卻一直有留意盡量不要丟掉學分。

我的目光不經意地落在翻開的頁面上。

回過神來，只見上面畫有「愛心被箭刺下去的塗鴉」。

那是果憐畫的塗鴉。

我們剛開始交往不久時，曾聊過「第二學期要盡量上一樣的課」。

理工學院和文學院的共同通識課不多，不過非主修的經濟學、法學、簿記與資訊素養等科目是所有學院都共通的。在這些科目當中，我們兩個一起修的課程就是這堂經濟學。

或許是為了追求時髦吧，果憐總愛帶著輕巧的包包，只攜帶最少的課本來上課。

所以她經濟學這堂課總是跟我並肩而座，我跟她一起看我的課本。

當時果憐的塗鴉，就這樣原封不動地留存下來。

……雖說我們之間是以最慘的方式收尾，但那應該也算是一段美好的回憶吧……

能夠用這種角度思考，或許代表我心中對果憐的感情也告了個段落。

就在我這麼想著時——

差不多有四個學生從仍然敞開的門口衝進教室。

他們以教室入口的讀卡機迅速掃了一下學生證，隨即直接擠進離他們最近的那排桌子，也就是我坐的這排。

咚噹、咚噹、咚噹、咚噹。

四個人坐下來的震動敲響桌子。

……這幾個人實在有夠吵。坐下來的時候不能更安靜點嗎？

我不經意地往他們看去……沒想到坐在我身旁的就是果憐！

怎麼會這樣？我不過是回想起果憐，結果本尊就出現了？

果憐也歪著頭望向我。我與她四目相交。

「嘖。」「唉。」

果憐的咂舌聲和我的嘆氣幾乎是同時發生。

然而她馬上一臉不悅地看向我。

「那聲嫌棄的嘆氣是怎樣？」

「果憐還不是在那邊咂舌？彼此彼此啦。」

「搞清楚，我也不是喜歡坐你旁邊才坐的。急著坐下來結果旁邊就是你，我能怎麼辦啊！」

「那妳現在換去別的位子不就得了？」

「你沒看到嗎？我這邊還有另外三個人耶。你旁邊不是只有一個人嗎？給我換去別的座位啦！」

她依舊強勢。

況且我跟這傢伙在X－DAY——那個平安夜的派對過後就沒見面了。

我們不可能對彼此擺出好臉色。

我轉向右方。那裡只有一名學生，學生旁邊就是通道。

然而課程已經開始。事到如今，也很難開口說：「我想換位子，可以借個過嗎？」

於是我後來什麼都沒說，決定專心在課程上。即使被這傢伙說三道四也沒辦法。

就當成果憐不在這裡吧。

她之後也沒再對我說些什麼。

我們已經在那場耶誕派對上斷絕關係了，不該再繼續有所牽扯。

話說回來，這傢伙之前明明做到那種地步了，對我居然連一次道歉都沒有。

再次想起果憐的所做所為後，我又燃起一把怒火。

方才覺得的「已經告一段落」是我誤會了嗎？

不過為了區區果憐就讓我繼續氣下去，對精神上的衛生也不太好。

我轉換心情，思考起與燈子學姊「重新過耶誕節」的事情。

燈子學姊儘管溫柔，卻也帶點嬌羞的那張笑臉。

光是想起她，我就有心靈祥和的感覺了。

我一邊思考著與燈子學姊約會的規畫，手也幾乎是下意識地將老師所說的頁數與公式編號記下來。

這個老師幾乎都只是照本宣科。雖說他偶爾會在黑板上畫圖表，但主要是說明教科書的內容來推進課程。

今天是考前最後一堂課，因此只是接連敘述考試一定會出的地方與公式等內容。

即使不動腦也無所謂，只要動手做筆記就夠了，相當輕鬆。

「接下來很重要喔。關於消費函數與後面的由最小平方法求出迴歸直線的方式。」

老師以聽起來顯得毫無幹勁的聲音如此述說。

身旁的果憐手邊忽然進入我的視野。

她雖然攤開了筆記本，卻沒帶課本。

沒有課本的話，今天課程上老師講的內容，她想必一個字也聽不懂。

……這傢伙居然還是老樣子，連課本都不帶啊……

真讓人有些傻眼。

想當然耳，在現在這種狀況下，果憐應該根本沒打算「跟我一起看同一本課本」吧。

然而也許是她之前一直都是看我的課本，所以下意識覺得這堂課不需要帶課本，抑或是她的課本老早就不見了也說不定。

……不過這跟我一點關係都沒有就是了。別老是想著靠別人罩啦……

如果因為這樣而丟了這堂課的學分，也是她自做自受。畢竟果憐本來就不擅長數學。

我稍微瞥向果憐那邊。

只見她繃著一張臉，一直盯著前方，手卻一動也不動。

看她那副模樣，我不知為何覺得有些不自在。

明明她是死是活都不關我的事。

我默默地讓課本輕輕滑向果憐，指出老師說「很重要」的地方的公式。

果憐的目光停在我指的地方。

沉默了幾秒後，她只說了一句：「要幹嘛？」

「這是老師現在在講的地方，也就是這個公式。先把頁數跟公式編號記下來，之後再看課本就能理解了吧。」

果憐花了一小段時間凝視我遞過去的課本。

「還好，沒必要啦。我現在記起來就好了。」

「沒課本的話妳記得起來？妳現在不就是不曉得老師在說明什麼部分，覺得很困擾嗎？這樣下去，妳會拿不到這堂課的學分喔。」

她沒有迎上我的目光，露出看似疑惑的表情，接著小小聲地低語：

「我會找機會還你這個人情的。」

「事到如今，我才不打算賣妳一個人情呢。」

對我來說，不願再跟果憐扯上關係反而才是最真誠的感受。

「是因為我不想欠你任何人情啦！」

就這樣，果憐不屑似的說出這種話。

受不了，隨便妳啦。

課程結束了。

正當我要從位子上站起身之際，果憐也站了起來，望向我這邊。

我心想「是要對我道謝之類的嗎？」不過這傢伙可不是那麼優質的女人。

「你最近啊，好像常常一臉陰沉。但今天看起來莫名地春風滿面呢。」

「我才沒有春風滿面。」

「明明就有。剛才上課時你也三不五時在賊笑，真的是噁心到不行。老實說，我很受不了。」

這傢伙是在什麼時候注意我的狀態啊？

「這又不關果憐的事。」

「我才不希望跟我有關咧。不過你心情會這麼好，想也知道有什麼原因。反正一定跟燈子有關係吧。」

果憐擺出一副真心把我當傻子的表情，如此表示。

「妳居然直呼學姊的名字？」

聽到我這樣糾正，她便用鼻子「哼」了一聲。

「對我來說她不是學姊了，什麼都不是。本來就沒必要尊敬她了吧。」

再跟她講下去只是浪費時間。

我決定不再理會這傢伙。默默地把日用包揹到肩上後，我背對果憐，走上通道。

「看來你這次會好好地經營關係吧。另外，我會還你今天的人情，所以不會道謝的！」

這樣的話語從背後浪捲而來。

午休時間，我前往二號館五樓的學生餐廳。

端起我點的炸雞塊定食之後，我掃視羅列的桌子。

隨即看見有個人朝我舉起手——是石田。

我前往那張桌子，坐到石田身旁。

而在我正前方的是同好會會長——中崎學長。

我跟石田今天是被中崎學長叫過來的。

「要談什麼事情呢？中崎學長。」

我把炸雞塊定食放在面前，開門見山地問。

中崎學長吃的是拉麵和肉燥蓋飯。

「嗯，你們邊吃邊聽也沒關係。聽我說說吧。」

石田已經把薑汁燒肉蓋飯一口口送進嘴裡了。

「我們同好會每年固定都會舉辦滑雪外宿，這你們知道吧？」

我和石田一語不發地點點頭。

儘管眼下我們隸屬的「和睦融融」同好會是個想怎麼玩就怎麼玩的活動系同好會，不過原本是專攻野營、爬山等戶外活動的同好會。

滑雪外宿也是從當時開始就成了每年慣例。

「那個滑雪旅行啊，今年參加者變少了，似乎達不到最低人數。」

如此表示的中崎學長給人一種好像要嘆氣的感覺。

「咦？為什麼會這樣？」

石田看似感到不可思議地回問，但我猜得到理由。

中崎學長瞄了我一眼，難以啟齒般地開口：

「首先，果憐跟她身邊的跟班退出同好會，這樣就少五個人了。另外，為了鴨倉而加入同好會的女子大學學生也有差不多十位表明『不會參加滑雪活動』，她們或許打算就這樣退出同好會吧。而鴨倉本人應該也不會再來露臉了。」

……果然，這就是原因啊……

總覺得嘴裡的炸雞塊突然變得苦澀起來。

原來我的「復仇計畫」甚至波及到了這種地方。

「不只如此，燈子似乎也不參加。」

「燈子學姊也是？」我不禁提高音量。

「是啊，畢竟大學各處都有她的流言。她想必不願意在流言源頭的同好會露面。」

我不禁低垂目光。

前陣子，燈子學姊對我說出「就我們兩個重新過耶誕節」，讓我完完全全地放下心來。

然而她所受到的打擊，說不定比我想像的還要大。

石田邊把薑汁燒肉放進嘴裡邊問：

「如果達不到最低人數，最大的問題是什麼呢？」

「巴士和住處。我們包了輛中型巴士，飯店部分也先訂下最少可供三十人住的房間。假設不到最低人數，每個人的參加費用都會提高。這樣說不定會讓參加者變得更少。」

中崎學長抱頭苦惱，看來似乎真的很困擾。

「那又為什麼要叫我們過來呢？」

聽到我這麼詢問後，中崎學長抬起頭來。

「其中一件事是要找你們商量。我希望至少能再拉到五個人參加，就算是同好會成員的朋友之類、不隸屬於同好會的人也沒關係，希望你們能幫忙找人參加。」

「我知道了！兄弟姊妹也可以嗎？」

石田這麼詢問。

然而我對他的那番話閃現一抹不安。

講到石田的兄弟姊妹，除了明華外沒別人了。

「嗯，兄弟姊妹和親戚都相當歡迎喔。」

我困惑地開了口。

「但我沒有兄弟姊妹。即使要我找同好會以外的人，也沒什麼頭緒……」

畢竟這種狀況有一部分是我造成的。如果可以，我也想盡一份心力。

然而老實說，我想不到有誰能跟我一起外宿。

不過中崎學長微微搖頭：

「沒有也沒辦法。比起這點，一色能不能想辦法讓燈子願意參加？」

「由我想辦法嗎？」

「是啊。再怎麼說，燈子都是『正版城都大學小姐』，我們同好會當中的女神，許多人來同好會的目的就是燈子。光是她參加與否，想必會大幅改變外宿的氣氛。」

「可是即使我提出邀約，燈子學姊也不見得會改變心意吧？」

中崎學長看似很有信心地點點頭。

「我認為沒問題，燈子很信賴一色喔。而且我覺得你們之間的氣氛很不錯。如果連你邀她都會碰壁，無論再找誰去邀她應該都沒用了。」

雖說我不曉得中崎學長到底有什麼根據說到這種地步……

「我知道了。總之我會找燈子學姊談談看的。」

但這時我也只能這麼回覆。

四 在讀書會當中

我在床上不停打滾。

雖說現在得好好念書，準備考試……卻有別的事情讓我的腦袋瓜一團亂。

那就是「燈子學姊的事」。

白天的時候，中崎學長曾拜託我「說服燈子學姊，讓她願意參加滑雪外宿」。

目前她似乎表明不會參加外宿活動。

據說原因出在「X－DAY的復仇計畫」。

……然而都這樣了還硬邀燈子學姊去滑雪，會不會讓她覺得不舒服啊……

一旦這樣想，我便很難展開進一步的行動。

然而回想起中崎學長白天那副十分困擾的模樣，我又覺得不能什麼都不做。

畢竟中崎學長人很好，也曾出手幫忙X－DAY的那件事。

……明明人那麼好，為什麼會跟鴨倉那種傢伙做朋友啊……？

我從以前就覺得這點有些不可思議。

可是真要說起來，如果要當鴨倉的朋友，或許就只有中崎學長那種很會照顧人的類型才能勝任吧。

況且，除了中崎學長委託的事情外，我還有另一個想聯絡燈子學姊的理由。

也就是「就我們兩個重新過耶誕節」的事情。

說得更精確一點，是我真心想在春假開始前，先把燈子學姊的時間定下來。

而且我還打算邀燈子學姊共進晚餐，所以想問問她喜歡吃些什麼之類的。

也想知道她覺得氣氛怎樣的餐廳比較好。

晚上欣賞點燈的地點也得決定好才行。

「在這邊拖拖拉拉也無濟於事。總之聯絡她吧。」

坐起身後，我把手伸向放在床邊的手機。

＞（優）不好意思，可以占用學姊一點時間嗎？

沒過幾分鐘，燈子學姊的回覆便傳來了。

＞（燈子）可以啊。怎麼了？有事要諮詢？

看見這則訊息的我露出苦笑。

燈子學姊是不是覺得我突然聯絡她，代表我有什麼煩惱呢？

＞（優）沒那麼複雜啦。我是想問「重新過耶誕節」的事情。燈子學姊想吃什麼？

＞（燈子）吃什麼都可以喔，就挑你喜歡吃的吧。畢竟我沒有什麼特別討厭的。

＞（優）這樣我滿難決定的耶。可不可以請學姊至少告訴我想吃日式、法式、義式、中式，或是其他類型？說是想吃肉或想吃魚之類的也行。

＞（燈子）我想想。類型的話什麼都好，不過能夠挑個可以放鬆的地方嗎？我們難得出去，想挑間能好好聊天的餐廳之類的。

這樣的回覆讓我感到雀躍。這代表燈子學姊有想和我聊天的意願吧？

＞（優）知道了。我會找間不會很吵的餐廳。時間挑在什麼時候比較好？

隔了一小段空檔後——

＞（燈子）考試結束是在二月初，不過我到第二週都還有家庭教師的打工，滿忙的。可以挑那之後的時間嗎？

我思考了一下。然而選在那時候，不就剛好跟同好會的滑雪外宿撞期嗎？

＞（優）關於這部分我想問一下。燈子學姊不打算參加滑雪外宿嗎？

再度隔了一小段空檔後——

＞（燈子）你聽誰說的？

＞（優）今天聽中崎學長講的。

結果又隔了一段空檔後——

＞（燈子）畢竟X－DAY的事情都傳開了，我也不太想被人以好奇的眼光看待。總覺得好像有點難參加。

＞（優）果然是我害的嗎？

這句話後馬上來了回覆。

＞（燈子）才沒那回事！根本不是一色害我什麼的！只是我自己情緒上的問題。你千萬別在意！

＞（優）可是我都讓燈子學姊產生這種情緒了，如果只有我去外宿實在很掃興。

＞（優）我也不參加好了。

＞（燈子）別那樣想！你要去參加啦。這是你第一次滑雪外宿吧？一定會很開心的。

＞（優）那麼，包括「重新過耶誕節」的日程，我們能直接聊聊嗎？不會耽擱學姊太多時間。

＞（燈子）說的也是，稍微討論一下應該比較好呢。

＞（燈子）我明天打算到圖書館借宗教學Ⅱ的書來念。討論完之後，我們兩個要不要一起念一下書？

這可是我求之不得的提議。與燈子學姊一起讀書準備考試的約會！

＞（優）當然好！我很不擅長宗教學，上課時聽了也很難消化。正想說不知道該怎麼辦才好呢。

我們就讀的大學是基督教學校，也因此將「宗教學」列為大一與大二的必修科目。

這一科的考試形式是申論題。對於完全不關心宗教的我來說，這是最有可能拿不到學分的科目之一。

>（燈子）這樣的話應該很剛好喔！那第四堂課結束後，我們就在圖書館前會合吧。

>（優）了解。麻煩學姊了！

讚啦！關掉手機後的我，握拳擺出小小的勝利姿勢。

如此這般，我獲得了與燈子學姊的首次「讀書準備考試的約會」！

隔天，第四堂課結束後，我和燈子學姊便在圖書館入口前會合。

由於是考試前，學生數量很多。不過大家似乎都忙著收集資料，注意我們的人並沒有那麼多。

進入圖書館後，燈子學姊馬上開始挑選書籍。

「我們這間大學原本是天主教的修道會，所以考試會出很多以基督教為中心的人文主義或倫理觀的申論題。」

她這麼說著，一邊挑出幾本書。

「這些書全都要看嗎？」

我不禁瞪大雙眼。要考的科目還有很多。

倒不如說，我想把心力放在主修科目上頭。

沒辦法在通識，尤其是宗教學上花費那麼多時間。

「不會這麼勉強人啦。這裡面有些重點，主要是閱讀那部分。」

「原來是這樣啊。」我鬆了口氣：

「其實我上課幾乎都沒什麼在聽。上這堂課時，聽著聽著總是會想睡。」

「好像很多男生都是這樣呢。不要緊，晚一點我會告訴你重點在哪。我大一時的宗教學評分可是拿到了S。包在我身上吧。」

燈子學姊如此表示，露出開朗的微笑。那是一張看起來並不在意流言蜚語的笑容。

除此之外，我們也借了幾本主修科目的參考書，隨即離開圖書館。

「那接下來我們就去找間家庭餐廳或咖啡廳，一起讀書吧？」

「嗯，麻煩學姊了。啊，咖啡的錢由我來出喔。」

「你明明不用顧慮這點的。」

「不行。我可是拜託資訊工程學系二年級名列前茅的燈子學姊當家教，這點事情是我該做的。」

「啊哈，既然有酬勞的話，我也得好好指導一番才行呢。」

我好久沒跟燈子學姊這樣交談了。

由於錯開了上課結束的時間，周遭學生很少，因此沒有任何人注意我們。

就在我懷著幸福的心情，準備與燈子學姊一同走出校門之際——

「優哥！」

我突然被這樣叫住。

往聲音傳來之處一望……我看見了明華。

「明華？」

我發出疑惑的聲音。明華隨即朝我小跑步而來。

「我一直在這裡等著優哥喔！傳訊息給哥哥後，他說『優應該還在大學裡』，但你一直沒有出來，讓我好擔心。」

「明華，妳怎麼會在這裡？」

「我們之前不是說好要一起念書嗎！但優哥一直沒聯絡我，我便趁著買東西時順道來優哥的大學一趟！」

明華鼓起因天寒而泛紅的臉頰，如此表示。

接著，她側眼觀察似的望向燈子學姊。

「那位該不會是……櫻島燈子小姐？」

這句話是在問我。

「嗯，是啊。她是我們大學的櫻島燈子學姊，也是我高中的學姊。燈子學姊，這位是石田的妹妹，叫做明華，是市川女子學院二年級的學生。」

「市川女子學院啊？」燈子學姊這麼說之後，露出了微笑。

「初次見面，我是櫻島燈子。一直以來受到令兄不少關照了。」

「初次見面，我是石田明華。」

明華低下頭鞠躬，口氣卻顯得有些僵硬。

「優哥，我們可以找個地方一起讀書嗎？我有數學的問題不懂。」

明華牽起我的手，做出要拉我走的小動作。

「明華，關於這件事，能不能改天再說呢？我接下來打算和燈子學姊一起讀書，準備考試。」

結果她露出看似受到打擊的神情，仰頭看我。

「你之前……明明說好……要教我課業的……」

「呃，我也不是說不教啊。只是問妳能不能下次再說，改天再教妳而已。」

明華那雙大眼睛濕潤了起來，一臉像是要哭出來的樣子。

就在我忍不住湧現罪惡感之際——

「一色，要不要邀明華一起來呢？畢竟我們讀書準備考試並非黏在一起解題。明華詢問不懂的地方也不會有什麼影響吧？她都特地來這裡找你，放著不管也太可憐了。」

燈子學姊如此表示，看向明華：

「妳覺得如何呢，明華？三個人一起讀書可以嗎？」

儘管明華以似乎懷著恨意的目光瞥了我一眼，但終究還是默默地點點頭。

我和燈子學姊、明華三人進入附近的家庭餐廳。

燈子學姊坐在我的正對面，明華坐在我身旁。

她們都點了蛋糕加飲料無限暢飲的套餐，我則是點了鬆餅加飲料無限暢飲的套餐。

「漫無目標地研讀無濟於事，我們就把一起讀書的時間定為兩小時吧。」

衝著燈子學姊這句話，就這麼決定了。

我跟燈子學姊馬上翻開宗教學（不過我的是Ⅰ而燈子學姊的是Ⅱ）的課本，明華則是翻開數學２Ｂ的課本。

燈子學姊讓我看了「她大一時用過的宗教學筆記」。

「那個，燈子學姊，這裡的『宗教與社會在倫理性的差異』是要回答什麼呢？」

「呃，我看看？啊～～這個我應該是寫了下一頁章節的相關內容，關於宗教上的禁忌與律法帶來的制止性之類的……」

瞄向資料的燈子學姊頭部湊近我的頭。

「真棒呢。身為同一所大學的學姊與學弟，就能像這樣開讀書會。」

明華將手肘擱在桌上，以雙手撐起下巴，笑著說出這樣的話。

不過她的笑容感覺有些僵硬。

「而且燈子小姐真的一如傳言，是位很美的女性呢。優哥也真是幸福，身邊有這麼美的學姊。」

她突如其來的這番話，讓我不知道該如何回應才好。

應該說，我搞不懂她為什麼要講出這種話。

「是這樣嗎？謝謝妳的稱讚。」

燈子學姊微笑著如此回應。

那樣的她緊盯著明華。

「燈子小姐一定很有桃花運吧，真令人羨慕。」

「才沒有呢。倒不如說像明華這麼可愛，我想男生應該不會放著妳不管吧？」

「我很慘啦。國中時期因為太強勢，男生會怕我；高中讀的又是女校，沒什麼機會遇上男生。」

「我的個性也難相處，男生都對我敬而遠之呢。」

「看起來不像耶。我哥也曾說過，『燈子學姊是大家的偶像……不，是女神才對』。如果不是頂好，不會用『女神』這種詞彙形容吧。」

燈子學姊以沉默的笑容面對明華。

想必她是被「女神」這個詞惹得不高興，但我以外的人應該不懂這點。

「而且燈子小姐就讀的高中也是男女合校吧，怎麼可能不受歡迎呢？」

「如果是那樣就好了呢。」

「一定是那樣的。燈子小姐至今跟多少人交往過了呢？」

燈子學姊臉上雖然在笑，但我有種她正散發出黑色氣場的感覺。

「恕我無可奉告喔。」

「是因為曾跟各式各樣的男性交往，到了難以回答的地步嗎？」

明華，別再說下去了！

她或許只是天真無邪地打破砂鍋問到底，但這可是燈子學姊本人不願被人挖苦的部分。

我覺得自己冒出了冷汗。

「我直到現在都還沒跟男性交往過。作為參考，有機會的話想跟燈子小姐請益戀愛話題。我也想成為像燈子小姐這樣迷人的女性。」

「我想自己應該沒辦法回應明華的期待喔。別說那些了，現在還是先專心讀書吧。明華也是為了讀書才來到這裡的，對吧？」

燈子學姊以一如既往的口吻這麼說。

但看她這樣，說不定是真的很生氣了……

「明華，妳不是說有不太懂的地方嗎？是哪個部分想問我呢？」

為了阻斷這樣的話題走向，我於是插嘴打斷她們的交談。

「對喔！我不懂的地方在……」

明華翻開題庫，遞到我面前。

「優哥，這裡我不會。這個數列的題目！」

燈子學姊重新在位子上坐定，面對自己要讀的內容。

我暗自因為成功切換話題而鬆了口氣，同時詢問明華：「是哪一題？」

「305這題。『以下數列是以特定規則分區。將各區視為第n群時……』這該怎麼解題才好呢？」

唔，我讀的是理科，算是擅長數學，卻只有數列沒那麼熟悉。

「嗯～～稍微等我一下喔。」

我拿出一張活頁紙，開始解題。

「這種群數列的題型，要注意各群的第一個數字喔。只把那些數字取出來的話，就會變成這種感覺的數列了吧。所以……」

我很快地解答了第一、第二個題目。

但在第三題就卡住了。我想不通數列的規則性。

「是怎樣的題目呢？可以讓我也看看嗎？」

或許是察覺到我的狀況，燈子學姊這樣出聲問道。

「是這一題。」

我如此表示，遞出題庫。

燈子學姊端詳題目一陣子之後，便拿出一張紙，開始對明華說明。

「這看起來是數列會依據群而有所不同。應該是奇數群和偶數群的一般項不一樣吧。」

燈子學姊這麼說著，接續我講過的部分加以說明。

不過聆聽這些話的明華則以有些微妙的表情看著燈子學姊。

「不好意思，謝謝學姊幫忙。」

我向說明完畢的燈子學姊答謝後——

「這又不是什麼需要道謝的事。無論是誰，都有一時想不起來的時候嘛。」

她這樣笑著回應。

她的這種說法讓我釋懷。

當然，我知道燈子學姊成績比我好，也沒有半點想跟她競爭的心態。

或許是因為剛才很著急，我忽然湧現一陣強烈的便意。也有可能是我咖啡喝太多了。

「抱歉，我去廁所一下。」

我這麼說著，離開了位子。

從廁所出來時，我們坐的位子剛好處於被隔板遮住而看不見的位置。

正當我邁步回去之際——

「燈子小姐是怎麼看待優哥的呢？」

我聽見了明華的聲音。

我不禁停下腳步。她們到底在聊什麼啊？

我悄悄地在隔板和觀葉植物間窺探她們的狀況。

「問我怎麼看待……我覺得他是跟我關係滿好的學弟喔。」

燈子學姊看似被明華的氣勢壓倒，如此回答。

「真的只有這樣嗎？」

明華像是要再三確認般地詢問。

「是啊，目前沒有超出那樣的程度。」

聽見她那番話，我萌生了有些不是滋味的心情。

——「關係滿好的學弟」、「目前沒有超出那樣的程度」——

燈子學姊斬釘截鐵地否定了她與我之間的特殊關係。

不過她也提到「目前沒有」，同樣可以視為含有「可以期待今後發展」之意。

我再次豎起耳朵聆聽。

明華似乎與我有同感。

「既然提到『目前』沒有，代表妳將來有可能跟優哥建立特別的關係嗎？」

「沒人知道將來的事情吧？」

燈子學姊似乎恢復了冷靜，這麼說著而喝下了一口咖啡。

隔了一小段時間後，明華再度開口：

「燈子小姐曾跟優哥一起實行『對劈腿的另一半報復的計畫』吧？」

「妳聽誰說的？」

「聽我哥說的。」

「妳聽說的內容是怎樣呢？」

「據說優哥的女朋友跟燈子小姐的男朋友劈了腿。然後優哥找燈子小姐討論時，燈子小姐提議『不只是單純報復，還要展開能對那兩人造成心靈創傷的復仇』。後來在平安夜的同好會派對上，你們在眾人面前揭穿兩人劈腿的事，並且宣告斷絕關係。」

「的確是這樣。」

「我曾聽說優哥從以前就一直思慕著燈子小姐。再加上『被女朋友劈腿』之際，身邊有著一同奮戰的女性，會對那樣的女性產生好感也是理所當然的。但燈子小姐後來並沒有要跟優哥交往的跡象，代表妳在立場上雖然跟優哥一樣，對他卻沒有感覺吧？」

「妳好像聽說得挺詳細的呢。」

燈子學姊貌似露出了苦笑。

「請別敷衍我！」

「我沒有敷衍妳喔。所以明華想對我說些什麼呢？」

「我想知道燈子小姐的心意。就今天的情形來看，我也覺得燈子小姐並未把優哥視為男朋友，卻仍有理會優哥，沒有要讓他放棄的意思。感覺是一直把優哥留在『朋友以上，戀人未滿』的位置上。」

燈子學姊默默地聽著這些話，又一次把咖啡杯拿至嘴邊。

「優哥因為之前的女朋友劈腿，心裡很受傷，我想他一定很寂寞。明明如此，要是燈子小姐表示『沒有要跟優哥交往，但也不想放走優哥』，優哥實在太可憐了。這樣是在玩弄優哥的感情！我無法允許這種事。」

「……這樣啊。」

燈子學姊把咖啡杯放回桌上。

「那如果我說『我喜歡一色』，妳會怎麼做呢？」

感覺明華有些退縮。不過她馬上就回以一擊。

「無論燈子小姐怎麼想，我的心意都不會改變。所以我只會把自己的心意毫無保留地展現給優哥看！」

咦，明華到底打算說些什麼？

「況且燈子小姐此時此刻並沒有跟優哥交往，儘管察覺優哥的心意卻不採取任何行動。這樣看來，我覺得是自己的心意更勝一籌。即使我成為優哥的女朋友，應該也沒什麼問題吧？」

「也對，或許真的是那樣呢……」

兩人之間的對話就此打住。

而我也不禁為明華的話吃了一驚。

……明華想成為我的女朋友……？

先前她之所以驀地接近我，原來是這麼一回事嗎？

可是為什麼這麼突然……

這時，我回想起以前石田說過的「明華對你有意思」。

當下我沒有很認真地聽進耳裡，沒想到居然會演變成這種情況。

為了讓腦袋冷靜一下，我回到廁所。

畢竟現在馬上過去也不太自然。

觀察時機後，我再次走出廁所。

我關門時盡可能發出很大的聲音。

「啊，不好意思。」

我擺出一副「我剛回來」的表情，再度坐到位子上。

燈子學姊看了看時間。

「差不多過了兩小時呢。我們先離開吧？」

「已經這麼晚啦。那今天就先讀到這邊。」

我們把攤開的教科書和筆記本放進包包，準備回家。

就在這時，明華若無其事地開了口：

「優哥你們的同好會，這次要去滑雪外宿吧？」

「嗯，是這樣沒錯。」

「我聽說今年因為找不到人參加，兄弟姊妹參加也沒關係，所以決定參加了。」
已經知道這件事的我並不驚訝。
燈子學姊卻擺出「咦？」的表情，似乎覺得相當意外。
「我很期待滑雪外宿呢。」
明華露出有些緊繃的笑容這麼說，隨即粗魯地拿起包包。

在回程的電車上，我們三人依照燈子學姊、我、明華的順序並列站著。
一部分或許是受到車廂裡人擠人的影響，我們三人一直都沒有說話。
呃，我應該說是「被她們倆微妙的緊張感包夾而沒辦法說話」才對。再加上本來我理應「不知道她們兩人剛才的對話」，可不能說出什麼多餘的話。
即將抵達幕張站的車內廣播響起。我和明華要在這裡下車。
「那麼燈子學姊，今天很謝謝妳。我要在這裡下車了。」
「燈子小姐再見。」
當明華接在我後面這麼說後，燈子學姊突然說了聲：「啊，等一下。」挽留我。
「我們今天本來也要討論滑雪外宿的事情吧？」
「啊，的確呢。」
由於明華出現，導致我們沒機會討論那件事，以及「重新過耶誕節」一事。

「我決定也要參加滑雪外宿了。」

聞言，我察覺明華迅速地回頭轉向燈子學姊。

燈子學姊帶著笑容，面對那樣的明華。

「明華，到時候見嘍。還請妳多多指教。」

「我才要請燈子小姐多關照。」

以似乎有些慍怒的語氣這麼說完後，明華便直接走出車廂。

一句話也說不出口的我，急忙離開電車。

五 不如來知己知彼一下？

「呼～」

我背靠樹木，坐到已經變成棕色的草皮上，接著打開手上的罐裝咖啡，大大地呼出一口氣。

最後一科考試在今天告結。對大學生來說，一年兩次的大考期間本來就是壓力累積的時期。

終於可以從地獄般的兩週當中得到解放。

眼下我正在操場側邊的弓道場旁，一塊小小的綠地上。

沒什麼人會來這裡。這裡跟校舍隔著一條道路，又位於操場角落，所以運動系社團也不會過來。唯一會來的只有弓道社的那些人，但也只是偶爾經過而已。

由於附近就有水道，景色也滿不錯的。

正因如此，我有時會來這裡待著，轉換心情。

想要獨處之際，這裡是非常適合的地方。

明天開始就是春假了，會有好一陣子不用來大學。

因此，我想在這裡度過大一的最後一段時光，不受任何人打擾，一個人悠悠哉哉地待著。

幸運的是，今天雖然是二月天卻沒有颱風，而且也滿溫暖的。

天空晴朗蔚藍，空氣清新。

或許是要前往附近的水道吧，視野裡有水鳥在飛。

……回想起來，這一年發生了好多事啊……

考上這所大學，跟石田一起分享喜悅。

由於「思慕的燈子學姊也就讀這所大學」，我們兩人揚言「要找燈子學姊告白」。

因此加入燈子學姊隸屬的同好會，卻聽說她已經跟鴨倉展開交往，令我和石田互相哀嘆。

之後遇見果憐，我們後來交往，她成了我人生第一個女朋友。

與果憐一同度過的快樂時光。

得知果憐與鴨倉劈腿的那晚。

過於絕望的我……對燈子學姊說了那句話。

我要求她「跟我劈腿」。

然而燈子學姊卻表明要實踐「用足以造成心靈創傷的手段甩掉對方的復仇」。

後來我跟學姊決定在平安夜的派對上展開復仇……也的確實行了。

我們在同好會的所有人面前揭穿鴨倉與果憐劈腿的事實。

果憐本性敗露，鴨倉則在許多人面前被燈子學姊甩得很慘。

學姊甚至狠上加狠地對他說：「今晚要和一色一起度過。」

儘管如此，我跟燈子學姊依舊沒有建立起什麼關係。我仍一如高中時期，想方設法爭取跟她待在一起的機會。

重新回想起來，總覺得這一年對我來說真是波濤洶湧。

即使把高中以前的整段人生都算進去，也沒有發生過這麼刺激的連環事件。

……接下來還有滑雪外宿啊。而且明華也說要參加，到底會演變成什麼狀況呢……

我一邊想著這種事情。由於直到昨天都在準備考試而沒什麼睡，以及陽光的暖意加持，令我在不知不覺間陷入半睡半醒的狀態。

「……可是啊，這部分也得好好地考慮一下吧。」

耳邊傳來女性的聲音，那是有點像在撒嬌般的說話方式。

「我們協議會已經在進行充分的事前交涉了。」

「也得顧慮到不能讓票數都偏向某一方。」

再度響起多位男性的聲音。

「我這裡也有各種準備要做耶。」

看來是多名男女正在討論某件事。

彷彿要踏入夢鄉的我沒有刻意要聽，只是他們的話語自然地進入我耳裡。
女性帶著甜膩感的嗓音，我總覺得好像在哪裡聽過。
「『繆思小姐』跟之前的選美比賽都不一樣。」
「為了炒熱氣氛，一定要請櫻島燈子小姐來參加啊。」
……居然提到……櫻島燈子……
半醒的我微微睜開眼睛，望向聲音的源頭。
只見男女共三人正在交談。
「這部分不用擔心喔，我有辦法處理。」
「知道了。」「那就交給妳嘍，果憐。」
……果憐？
這句話驅散了我的睡意。我再次仔細看向那三人。
此時，兩名男性剛好走上斜坡離去。
女性則是朝我待著的地方走了過來。
我集中注目著女性……不會有錯，就是果憐！
她似乎沒發覺我在這裡。
我不禁離開背靠的樹木，起身佇立。
果憐才因為這樣而首次注意到我。

她睜大眼睛望著我。

「為什麼你這傢伙會在這裡啦！」

果憐露骨地露出看似十分厭煩的神情。

「這句話是我要說的吧。妳這傢伙才是，為什麼會來這邊啊？」

我恐怕擺出了跟她差不多……不，應該是比她更強烈，相當厭惡她的表情。

明明尚在交往之際都沒有偶然碰頭那麼多次，為什麼分手後卻在這麼短的期間碰見她兩次啊？

「那是因為……」

話說到一半的果憐沒有繼續說下去，以彷彿在戒備我的目光看著我。

「你先說說自己待在這裡的原因啦，難不成是在偷偷跟蹤我？」

「啥？」我傻眼地反問：

「為什麼我需要偷偷跟蹤妳啊？如果可以，我希望這輩子都不會再跟妳碰面。即使有人拜託我跟在妳後頭也免談。」

「真會說。那你怎麼會在這裡啊？」

「這裡是我很中意的地方。考試在今天結束了，又是這學期到校的最後一天，我想說要稍微獨處一下。」

「我、我也是啊。這裡誰都不會來，我只是想要獨自放鬆才來這邊的。明明如此卻遇到你……真是糟透了。」

「剛才那些人是誰啊？」

聽我這麼問，果憐便一副不知所措的樣子，把臉別開。

「是誰都沒差吧。我在哪裡跟誰見面，不是跟你一點關係都沒有了嗎？還有必要說明嗎？」

「他們似乎提到燈子學姊的名字耶？」

「我不曉得。是你聽錯了吧？」

果憐仍然面向一旁，散發沒半點興趣的氛圍，這麼說道。

總覺得……背後一定有什麼隱情。

然而這傢伙擺出這種態度，想必不會再說下去吧。

「我知道了。那就沒話好談嘍。」

這麼說著的我站起身來。

「既然如此，我要先走人啦。再見。」

就在我正準備經過皺著一張臉且雙手環胸的果憐面前之際──

「……等一下。」

她似乎有些猶豫地向我搭話。

「怎樣啦，找我還有什麼事嗎？」

「沒什麼，只是我欠了你一個人情吧。可以的話，我想還你那個人情的說。畢竟要是跟你再有牽扯也很令人鬱悶。」

「不是說過不用還了嗎？我也不想跟妳再扯上關係啊。」

果憐轉向側邊。

「就說這樣我心裡會有疙瘩嘛！我可不想一直把多虧你才拿到經濟學學分的事情掛在心上，所以想跟你扯平。」

「妳拿到經濟學的學分了？」

我感到意外地看向果憐。

考量到這傢伙不擅長數學以及總是依賴別人的個性，我本來以為她一定沒辦法通過經濟學的考試。

果憐一臉尷尬地點了點頭：

「都是多虧你給我看了課本。上課時我把老師說的頁數跟公式都記下來，拚命地全背起來後，就壓線拿到不會被當的分數了。」

「這樣嗎？那很好啊。」

「所以我才不想一直欠你人情卻什麼都不還。你有什麼事想拜託我之類的嗎？」

……想拜託果憐的事？

我思考了一陣子。

事到如今，我根本沒什麼事想拜託她。不過她都說到這種地步了，就問問看吧。

「那妳告訴我一件事。妳之前說過『跟我約會很無聊』吧。到底有什麼地方讓妳那麼覺得，麻煩妳說給我聽。」

「啥？」

她露出微妙的表情：

「現在還問這種事情是想怎樣？難不成你對我仍有留戀？」

「怎麼可能啦！就算有人要我跟妳在一起，我也不要！」

「那你是在意什麼啦？」

儘管我一瞬間猶豫到底該不該說，但終究還是說了出口：

「我下次要跟燈子學姊約會，要『兩人一起重新過耶誕』。難得約次會，我希望燈子學姊覺得那場約會很開心。總之，我想聽聽妳的意見，當成一部分的參考。」

「說什麼『一部分的參考』，你也沒其他人可以問吧？」

唔……我打從心底說不出話來。

我的確不認識其他可以討論這種事的女生。

「算了，沒關係。要是這樣能還你人情也好。」

果憐擺出一副不討厭這樣的態度，如此表示：

「最大的重點是約會沒魅力吧？」

「沒魅力？」

「沒錯。說成『沒有夢想』應該比較好理解吧。」

她狀似有些得意地開始述說：

「女孩子果然還是需要夢想喔。也就是『這個人到底會用什麼方式讓我開心呢』的感覺——期待感之類的。」

「還在跟妳交往時，我自認一直都是照妳所說的去做耶。」

「所以就說不是那種的啊。每次約會都是去卡拉ＯＫ或電子遊樂場，最後再去家庭餐廳……這種令人覺得『一成不變』的約會不行啦。女生啊，想要的是『不知道下次會有什麼驚喜』這種滿懷期待的感覺喔！」

「不是只有妳是那樣嗎？至少燈子學姊應該不是那樣吧。」

果憐先是聳聳肩，又搖了搖頭：

「沒那回事喔。燈子也一樣，畢竟她是女生。身為女生的她還是會有想放肆一下的心情，也會期待女生專有的雀躍感吧。約會時果然就是想追求一種自己閃閃發亮的感覺嘛。」

唔～儘管果憐講的內容我無法照單全收，但看她這樣，總覺得莫名地有說服力啊。

說起來，燈子學姊也意外地有著女孩子氣的一面呢。

見我思考了一陣子，果憐再度開口：

「所以你是打算帶燈子去怎樣的餐廳啊？」

她維持兩手環胸的姿勢，步步逼近。

這傢伙是怎樣？一副高高在上的樣子。

「嗯，她說希望找間能放鬆的餐廳。所以我想找法式或義式……或是中菜餐廳應該也可以吧？」

「中菜？你想帶她去哪種中菜餐廳？」

「呃，總之很大間的？很有名的餐廳之類。」

我姑且這麼回答，畢竟還沒有查到那麼具體的餐廳資訊。

「唉～～你就是這點不行啦。不知道該說你不懂跟女生相處，還是不了解約會的基礎呢。」

果憐露出一副傻眼的模樣，還擺出當我是傻瓜的態度看待我。

「怎樣啦，還想批評我嗎？」

「這可不是批評，只是說出事實而已。」

她誇張地敞開雙手。

「第一次約會就去一般的中菜館，正是你『不懂跟女生相處的證據』喔。」

「為什麼？」

「你想想，中菜有很多用上麵類、油、勾芡的菜色吧。而且還要從大盤子分菜，不就得在意湯汁飛濺或滴油滴汁嗎？袖口也需要一直留意才行。約會之際，女生都會穿得漂漂亮亮赴約喔？在這種情況下如果要吸麵，或是在意會不會噴到湯汁，你覺得還有辦法好好享用餐點嗎？」

唔……對於果憐這樣的指摘，我無法反駁。

的確，中菜有很多麵類與用上油的料理，也有許多淋上芡料的菜色。

要是沾到衣服就會留下汙漬，又很難去除。

「這就跟前幾次約會不能選燒肉店是一樣的道理。不過中菜還可以分到小盤子上，算是比燒肉好啦。」

「但西餐也有許多很油的菜色，以及湯品之類的吧？」

由於被她一直念讓人很不甘心，我於是試著這樣回嘴。

結果果憐又露出更加嘲笑我的目光：

「就是基於這樣，西餐的桌上才會準備好餐巾啊。這是因為那種地方長久以來都習慣接待女性喔。」

「那怎樣的菜色才適合約會聚餐？」

「最保險的就是西餐類吧？另外最近也有把中菜處理得像是西式套餐的餐廳，可以挑那種比較時髦的中菜餐廳？不然就是吃壽司之類的。」

「壽司？」

壽司不是也會滴到醬油嗎？

「對，因為壽司可以一個一個吃，容易入口，只要小心別滴到醬油就行了。最近也有很多餐廳是沾鹽吃的，而且料理會用小盤子端出來。」

「原、原來如此。」

「無論如何，就是要避開女生厭惡的事物，挑選料理種類範圍很廣的餐廳吧。意即可以少量吃到多種菜色的餐廳。而能用小盤子吃的菜色不容易弄髒衣服，所以前幾次約會要避開咖哩、燒肉、一般中菜。」

「嗯嗯。」

「當然，氣味強烈的餐廳也不行喔，因為味道會附著到衣服上。還有，席位有分桌位、吧檯、包廂，這點就要看跟對方的關係如何吧？覺得能看見對方的臉比較好就挑桌位，但這樣不容易拉近距離。如果怕看見對方的臉會緊張就挑吧檯。挑吧檯的話距離會滿近的，搞不好意外地不錯。而包廂雖然可以放鬆聊天，不過女生反而會有所警戒也說不定。」

不、不愧是果憐，十分清楚這一類的資訊。

「反正選擇餐酒館或西式小酒館之類的應該不會失敗吧？對戀愛新手來說。」

認識果憐到現在，我還是第一次聽她提供能派上用場的資訊。不過最後那句真是多嘴。

但眼下我就老實地對她道謝吧。

「謝謝妳，果憐。這些話很有參考價值喔。」

「哼，是你太不曉得該怎麼對待女生了啦。受不了耶。」

這麼說完後，果憐便轉向一旁。

奇怪，是我多心了嗎？總覺得她的臉頰有點泛紅。

莫名地覺得好笑的我，隨即舉起一隻手，離開原地。

六　暴風雨將近的預感，同好會的滑雪外宿（去程的車上）

距離大學的考試平安結束過了一週。

這天，我跟石田兄妹在接近晚上之際一同前往大學。

這是因為我們要利用明天開始的三連休，參加同好會的滑雪外宿。

晚上八點抵達大學時，作為集合場所的教會入口前已經聚集了許多參加者。

「哦～～參加人數還挺多的嘛。」

石田欽佩似的說了這樣的話。

我也跟他懷抱同樣的感想。目前應該有三十人以上吧？

身為會長的中崎學長當初煩惱「找不到人參加」，彷彿是騙人的一樣。

我們尋找著中崎學長的身影，他應該正在確認有誰參加才對。

學長身處門邊的服務處旁，確認著同為參加者的女子大學成員的出缺席狀況。

我們跟在她們後頭排隊，一下子就輪到了。

「一色優、石田洋太、石田明華，共三人。」

我這麼說之後，中崎學長的目光便離開手上的筆記本，抬起頭來。

「哦～你們來啦？這次你們也幫了我一個忙呢。」
聽學長這麼說，我心裡相當過意不去。
石田帶了明華來，所以算是有回應中崎學長的期待。但我沒有幫上任何忙。
「中崎學長之前還滿擔心的吧，但現在聚集了挺多人呢。」
聞言，中崎學長開口對我釋疑。
「是啊，我也很著急而到處問人，平常照理說不會去問即將畢業的大四生、研究生或畢業生就是了。結果問了以後，大家都說『燈子有參加就會來』。」
……原來如此，是這麼回事啊。
中崎學長拍了一下對此感到理解的我的背。
「一色，都是多虧有你幫忙。」
學長這麼對我說讓我相當感激。然而燈子學姊之所以會參加滑雪外宿，真的是靠我的力量嗎？
「我也有努力一番耶。」
石田露出看似有些不滿的神情。
「抱歉抱歉。我也很感謝石田喔。畢竟也有一群人聽說『今年有女高中生參加』就歡欣鼓舞了起來嘛。」
中崎學長這麼說而笑出來之後，目光便轉向明華。

「這女孩就是石田的妹妹嗎？名字是明華吧？我是這個同好會的會長，名叫中崎。請多指教嘍。」

「我是石田明華。謝謝你這次請我們來。請多多關照。」

明華有點怯場，卻仍帶著笑容打了招呼。

畢竟中崎學長的長相也是滿粗獷的那種嘛。即使露出笑臉，第一次見到他的女高中生會害怕也是理所當然的吧。

「真是個穩重的女孩呢。巴士馬上就要來了，你們到旁邊等一下吧。」

中崎學長如此表示後，便開始確認後面的參加者出缺席狀況。

「天氣滿冷的，但也沒辦法。」

「是啊。」

石田邊這麼說邊把大型運動包放到地上。

我一邊隨口回應他，一邊找尋著燈子學姊的身影。

然而沒看見她。不知道她是不是還沒來。

「就這樣在這裡等實在很冷，我去買個罐裝咖啡之類的吧。你們倆要喝什麼？」

「我也要喝罐裝咖啡，比較甜的那種。」

「我想喝茶。」

「我知道了。」

我小跑步前往自動販賣機。

買了罐裝咖啡跟茶回去後，只見我們原本待著的地方聚集了好多人。

不，仔細一看，應該是聚集在明華四周吧？

「這孩子就是這次來參加的女高中生？」

「唔哦～～真的是ＪＫ（註：日本對女高中生的簡稱）耶！」

「果然好可愛啊。」

「我們一年前不也是高中生嗎？」

「那一年的差距很大啊。ＪＫ的鮮度就是不一樣。」

「咦，她是石田的妹妹？難以置信～～」

「原來石田有這麼可愛的妹妹啊？」

「野獸哥哥與美少女妹妹嗎？」

有夠受歡迎的。既然到了這種程度，她來參加應該會過得滿開心的吧。

「一色。」

有人在從背後這樣呼喚我。

我轉身一看，便看見燈子學姊。

她的摯友加納一美學姊也在，八成是一起過來的吧。

「晚安，燈子學姊。學姊是剛剛才到嗎？」

「是啊。」她這麼說著，看向明華那邊。

「明華很受歡迎呢。」

啊，太好了。燈子學姊露出笑臉，心情看起來也不錯。

一美學姊望向石田。

「這樣好嗎？你珍視的妹妹說不定會變成飢渴大學生的餌料喔。」

從我手中接下罐裝咖啡的石田，一臉樂觀地回應：

「沒事啦，畢竟明華心目中已經有個王子了。」

「你說的那個王子是誰啊？」

「就是優啊。我妹從國中時期就愛上優了。」

聽見這番話，燈子學姊露出有些微妙的表情。

「別說些奇怪的話啦。」

我責備石田之後——

「又不會怎樣，畢竟是事實嘛。你就算成為我的弟弟也沒關係喔。」

他再度道出這種方向完全不對的事。

這傢伙，為什麼要在燈子學姊面前講這種奇怪的話啊？

「一色也挺能幹的嘛。才想說你跟前女友分手了，原來已經找到下個女朋友的人選啦？

而且還是死黨的妹妹，很厲害喔。」

一美學姊像是在挖苦我般地這麼說。然而不知道是不是我多心，總覺得她的目光沒有笑意……

我也覺得她身邊的燈子學姊神情變得更加微妙。

「一美學姊，不要連妳都說這種奇怪的話。我和明華並不是那種關係！」

就在我為了不讓更多誤解產生而頻頻否認之際——

「我、我說啊，一色。」

忽然間，燈子學姊像是要插嘴般地向我搭話。這可真罕見。

「嗯？」

「你吃過晚餐了嗎？如果還沒吃……」

「優哥！」

這回換成明華用大嗓門來叫我。

她的聲音打斷了燈子學姊的話語。

仔細一看，只見她把周遭的人都推到兩旁，朝我這裡跑來。

在我面前急速停下腳步後，她便對著燈子學姊低頭。

「晚安，燈子小姐。妳果然也來參加滑雪外宿啦。」

「嗯，畢竟難得辦一次活動。大家一起旅遊的機會也沒那麼多嘛。」

「說得也是。這次我也加入了所謂『大家』的群體當中，還請燈子小姐多關照了！」

不知為何，明華講話時很強調「大家」這個詞。

接著，她轉向我說：

「優哥，上巴士後，你可以坐我旁邊嗎？」

「咦、咦咦？」

「不認識的人坐我旁邊我會害怕。麻煩優哥了！」

她這麼說著，緊抓住我的手臂。

這種態度卻讓我感覺「明華的舉動有意識到燈子學姊」。會是我想太多了嗎？

我不禁窺探燈子學姊的神態。

她也露出一副輸給對手的表情。

「我有做好當作晚餐的三明治帶來喔，也有優哥的份！我們就在巴士上一起吃吧！」

明華音量很大地這麼說，講話時還偷瞄了一下燈子學姊……

聽見她那番話的燈子學姊表情有所變化。不過……

「既然明華被不認識的人包圍會不安的話，一色也只能陪在她身邊了吧。」

燈子學姊這麼說完後，便一個轉身背對我，迅速地離我遠去。

我連對她說上半句話的機會都沒有。

……剛才燈子學姊的那種氛圍是怎麼了？她似乎想對我說些什麼……

正當我想著這些事情之際，一美學姊用手肘輕輕地搥了我的胸口。

「看來會有一場暴風雨耶，一色。」
她露出賊笑，隨即追上燈子學姊。
然而她的目光果然依舊不帶笑意。
而明華仍緊緊地抓住我的手臂，瞪著燈子學姊。
我的肩膀被人拍了一下。
「看來會有一場暴風雨耶，一色。」
石田模仿一美學姊的口氣，不出所料地露出賊笑。這傢伙的眼神倒是確實帶著笑意。
……是怎樣啦？連你也這樣。到底想說些什麼啊？
儘管相當困惑，但我還是狠狠瞪了石田一眼。

巴士在晚上快九點時來了，是輛比想像中還要氣派的觀光巴士。
「這似乎是在旅行社就職的畢業生幫忙弄到折扣價的喔。」
我聽見後頭有人說著這樣的話。
「優哥，我們快上去吧！」
這麼說著的明華拉起我的手臂，打算上車。
「咦，不用這麼急也沒關係吧？」
聽到我這麼說，她往後面瞥了一眼。

我沿著她的視線往前看……只見燈子學姊在那裡。

她還不打算登上巴士。位子如果從後面開始坐滿，燈子學姊她們就會坐到前面的位子上了吧。

「我有可能會暈車，所以坐後面比較好。」

明華這麼說而催促著我。

既然她都這麼說了，我也沒辦法拒絕她。

「石田，你也趕快過來！」

我呼喚石田。石田擺出「真拿你沒辦法」的表情，跟在後頭。

「明華，妳怕暈車的話，坐窗邊比較好吧？」

聽見我這麼說，明華搖搖頭：

「我在方便上洗手間的位子會比較好，麻煩優哥坐窗邊。」

這麼說完後，她便把我推到雙排座椅的窗邊位置，自己則像是要擋住我般地坐上靠走道的位子。

「我該坐哪裡好？」

石田一臉傻里傻氣地這麼問。

「哥哥坐前面的位子不就好了嗎？就算坐輔助椅也沒關係。」

面對明華冷淡的回應，石田低語了句：「真的假的？」坐到前面的位子上。

所有人都在座位上坐定後，中崎學長也上車對大家喊道：「大家都上來了吧？那我們出發嘍！」

坐在最後一排的是已經出社會的畢業生。

我和明華坐在從後面算來第三排的右側，石田則是在我們前面跟國際教養學系的人坐在一起。

順帶一提，燈子學姊位處從前面算過來第三排的右側，和一美學姊同坐。

巴士開始移動後，明華便拿出手機。

「我們會在巴士裡頭待很長一段時間吧？要不要一起玩個遊戲之類的？」

「可以啊。不過一起玩的話，要玩什麼遊戲呢？」

「我們學校很流行對戰式的益智遊戲喔。這種的如何？」

「好，就玩那個吧。」

我馬上將那款遊戲下載到手機裡頭。

那似乎是還滿主流的益智遊戲，也具備對戰功能。

「那就準備開始嘍。預備～～開始！」

隨著明華的呼喊聲，遊戲開始了。

不過我倆的實力根本不成比例。

以連續技迅速消掉方塊的我獲得壓倒性的勝利。而且這款遊戲取得多少積分，就可以對對手造成多少打擊。

「剛、剛剛的不算！我這裡的方塊位置太差了！我們再比一次。」

不過第二場也是我輕鬆獲勝。

「再、再一次，我們再比一次！」

或許是因為玩遊戲輸了很不甘心，明華重複了好幾次這樣的話。

……她進入了不死鳥（Phoenix）模式啊……

忘了是誰開始這麼叫的，不過我的朋友群會把玩遊戲或打麻將一輸再輸，卻仍一直要求「再來一局」的人稱作「不死鳥模式」。

不死鳥死去時似乎會衝進火焰，焚燒自己的身體，再從燒出來的灰燼當中重生——就是拿這種傳說來比喻的。

見我忍耐著笑意，眼尖的明華指責我：

「優哥為什麼在笑啊！」

「沒什麼，只是覺得明華人不可貌相，還滿不服輸的呢。」

她忿忿不平地宣告：「要再比一次喔！」

然而一分鐘後……

「啊，又輸掉了！」

「妳這樣無論玩幾次都贏不過我的。」

見我笑著這麼說，明華擺出看似打從心底感到不甘心的表情。

「唔唔唔，優哥，你就沒有稍微想過要手下留情嗎？」

「哼哼哼，明華，一旦牽扯到遊戲，就算對手是女生或小孩，我也都不會放水的。」

「真不體貼！今天的優哥跟平常的優哥不一樣，一點都不體貼！」

明華像是有些被惹火而這麼說之後，坐在我正後方的大二生出聲搭話。

「怎麼啦，一色，你在欺負女高中生嗎？」

「怎麼可能啊？是在玩遊戲啦，遊戲。」

「明華，既然一色這麼壞心眼，要不要換我跟妳一起玩？」

然而對於這句話，明華開朗地如此回答：

「不用，沒關係。遇見強大的對手我會更躍躍欲試。而且像這樣與平常不同的優哥，我也覺得很ＯＫ。」

「咦，這樣不就代表我沒戲了？」

聽到大二生這麼說，明華以沉默的笑容回應。

總覺得這種情形滿好笑的，我於是壓抑著笑意，不讓大二生發覺。

結果這次換成斜後方的大二生來找明華搭話了。

「明華現在就讀高二嗎？」

「嗯，是的。」

「讀哪間高中啊？」

這麼問的是正後方座位的大二生。

「市川女子學院。」

明華感覺有些戒備地這麼說。

「咦，說到市川女子學院，我記得有人是那所學校的畢業生吧？」

「明年就要考大學了吧。妳是打算考我們這間嗎？」

「我有這個打算，但現在的成績可能滿難進城都大的。」

「既然如此，我來幫妳顧課業呀。妳偶爾來大學玩吧。」

「我也可以教妳喔。要指導明華的話，我可以免費當家教！」

喂喂，給我等等。你們這樣好像我們同好會是專門在搭訕女高中生的耶。

「不用，沒那個必要，因為優哥說好要教我課業了！」

明華露出笑容，斬釘截鐵地拒絕了。

「什麼嘛，連明華都被一色先搶走嘍～～！為什麼只有一色這麼有桃花運？」

「明華，一色這人很危險的，別跟他在一起比較好喔。」

……說我危險是怎樣啦？你們危險的程度高得多了吧……

「沒那回事。優哥是很溫柔的人，絕對不會做出危險的行為！」

明華生氣似的這麼說完後，坐在走道另一側的美奈學姊「啊哈哈」地大笑出聲，一旁的麻奈實學姊也像她一樣笑著。

美奈學姊和麻奈實學姊都是同好會的中心人物。經由燈子學姊的介紹，我在蛋糕吃到飽的店認識她們之後，她們便一直待我不錯。

「你們收斂點啦。明華都很困擾了不是嗎？」美奈學姊這麼說。

「沒錯沒錯，就算被女高中生給甩了，遷怒一色也無濟於事吧。」

麻奈實學姊這麼說。

「哦，連這裡也有一色的人馬啊？」

「還以為鴨倉學長走人後，我們的春天就要來了，結果居然是換成一色的時代。」

美奈學姊對這番話加以吐槽：

「不不不，你們的春天沒來又不是一色害的。問題出在你們自身的魅力不夠。」

美奈學姊講話還是一樣直來直往的啊。

「那現在來做個心理測驗。明華、一色，要回答我的問題喔。」

麻奈實學姊不知為何突然這麼說。

「心理測驗？是測什麼的呢？」

對於這句話，麻奈實學姊露出惡作劇般的笑容。

「先賣個關子，等到聽完答案後再揭曉。另外，對於問題別思考太深，要回答腦海裡最先浮現的事物。那麼開始嘍。」

雖然有種她自顧自地起了頭的感覺，不過倒也沒差。反正我們很閒。

「你決定去山上健行。遠處的高山和附近就能爬的矮山，要挑哪個去呢？」

「我挑附近的矮山。」明華這麼說。

「我的話是遠處的高山。畢竟景色應該也滿不錯的。」

麻奈實學姊看似滿意地點了點頭。

「再來是第二題。要去健行了，你會先縝密地規劃一番，還是憑感覺看心情享受？」

「這個嘛～應該會想憑感覺享受……不，既然都選擇高山了，還是該好好規劃一下吧。」

「我會憑感覺看心情享受。」

接下來，麻奈實學姊問了我們：「在山上最先遇到的動物是什麼？第二個遇到的動物又是什麼？」

對於這題我回答：「第一個是狗，第二是鹿。」

明華則是回答：「兔子、猴子。」

「接下來是第四題。山路途中有個懸崖，那懸崖有多高？」

「山路途中有懸崖嗎？嗯～我覺得是如果勉強一下可能有機會登上去，還滿高的懸崖吧。」

「既然是在山路途中，我想應該是沒那麼高，兩到三公尺的懸崖。啊，可是應該會有許多石頭，障礙物也挺多的……」

此時，麻奈實學姊不知為何露出滿足似的微笑。

「第五題。山裡有可以居住的山中小屋，位置是在山麓、山腰一帶、靠近山頂這三項當中的哪一處呢？」

「應該是靠近山頂的地方吧？」明華這麼說。

「我想應該是在山腰那帶……啊，應該比山腰再上面一點吧。」

「第六題。你進入山中小屋。裡頭有用火點燃的蠟燭，總共有幾根呢？」

「應該差不多三根吧。」我這麼說。

「我也覺得差不多就是那樣。」明華這麼說。

「最後一題。山中小屋的牆上掛著一張畫，是幅怎樣的畫作呢？」

「身穿漂亮衣服的千金大小姐的畫，不過看起來有點壞心眼的樣子。」明華這麼說。

總覺得她的想法真的很女孩子氣。不過麻奈實學姊露出看似嚇了一跳的表情。

「一色呢？」

我煩惱了一陣子。這是因為最先浮現在我腦海裡的是「一大群人向女神尋求救贖的畫」，不過不曉得為什麼馬上就變成了「美少女被滿臉鬍子的男人擄走的畫」。

「嗯～～這題很難呢。硬要說的話應該是『美少女被滿臉鬍子的男人擄走的畫』吧。少女雖然求助，卻在黑色霧氣當中被男人帶走的那種畫。」

「你說的是這種畫嗎？」

美奈學姊用手機搜尋給我看。

「嗯，就是這種感覺的。學姊很懂耶。」

我既吃驚又欽佩地這麼說完後，美奈學姊理所當然似的回應：

「這幅畫很有名喔，因為畫的是冥界之王哈得斯綁走春之少女波瑟芬妮。是說你為什麼一開始會說『這題很難』？我覺得應該沒多難喔。」

「因為起初我有一瞬間想到的是『一大群人向女神尋求救贖的畫』。」

聽到我這麼說，麻奈實學姊又一次露出看似滿足的微笑。

「那麼，現在來宣布心理測驗的結果！」

明華的目光因期待而閃閃發亮。女生就是喜歡這種東西啊。

「首先，一開始『要挑附近的山還是遠處的山』，代表的是你期望怎樣的結婚對象。」

結婚對象？什麼意思？

麻奈實學姊很快地加以說明，解答了我的疑問：

「回答『附近的山』的人，是希望離自己很近、伸手能及的人作為自己的結婚對象；回答『遠處的山』的人，則是就算有點難以觸及，也要追求心目中的理想對象。」

明華看向我，感覺似乎有什麼話想說。

「接下來是關於規劃。這題問的是跟另一半約會時，會想憑感覺享受，還是先做規劃再享受。」

是這樣啊？

「第三題『在山上遇到的動物』，第一個動物代表自己，第二個動物則代表另一半或喜歡的人的形象。」

聽見這番話，美奈學姊十分認同似的這麼說：

「一色覺得自己的形象是『狗』，明華則是『兔子』啊，都很符合呢。第二個是另一半或喜歡的人的形象啊。明華說的『猴子』大概猜得到是誰。可是一色說的『鹿』是指誰呢？」

美奈學姊看向我，只有嘴角在笑。總覺得有點討厭耶，這種笑容。

「第四題的『懸崖高度』代表『覺得促成戀情會有多大的障礙』。覺得懸崖很高，就代表自己覺得戀情很難開花結果！」

「像我這樣子覺得不高，卻有一堆障礙物很難爬上去的話，代表什麼呢？」

明華對測驗結果似乎還滿執著的。明明不用認真成這樣啊？

「說不定是覺得促成這場戀情並不會很困難，卻認為有許多阻礙呢。」

我同時感受到麻奈實學姊的賊笑，以及明華的銳利視線。

「第五題，『山中小屋』的位置，也就是代表自己與理想對象的年齡差距，或是社會地位上的差距。」

「所以明華希望是年紀比較大的，一色則是差不多或稍微大一點的呢。」

美奈學姊這麼解釋而竊笑著。

這、這心理測驗是怎樣？總覺得莫名地很準，有點可怕。

「山中小屋裡的蠟燭數量，則是你所認為的摯友數量，或是遇上困難時應該會來幫你的人數。」

原來是這樣啊。會到三個人嗎？確定有兩個人就是了。

「接著來講最後的『山中小屋裡裝飾的畫作』，代表的是你目前感受到的擔憂。」

此時，麻奈實學姊停頓了一下。

「明華說的是『感覺很壞心眼的千金大小姐肖像畫』吧？代表那樣的人是明華擔憂的源頭。」

明華看似坐立難安地別開目光。

「一色想到兩幅畫這點令人很有印象。起初應該是『一大群人對女神尋求救贖的畫』？或許代表你就是那群人的其中之一，不曉得自己的心願有沒有傳遞給女神。」

唔，這段結果讓人很難做出反應耶。

「接下來是『冥界之王擄走春之少女的畫』嘛。而這可以說是你目前最主要的擔憂。帶來春天的某個人會被魔王奪走——應該就是你的擔憂了。」

這下我更是一個字都說不出來了。

雖然這個心理測驗只是玩玩，卻也太過超乎想像了。
「如此這般，你們兩個確定會被明華甩掉嘍！」
不知為何，麻奈實學姊此時對先前向明華搭話的兩個大二生這麼說，還刻意指向他們。
「啥？為什麼會變成我們被甩掉啊？」
正後方的大二生如此反駁。
「剛才的心理測驗你沒聽懂？明華有好感的對象擺明就是一色了嘛。」
「這種東西誰聽得懂啊！」
「有夠遲鈍耶〜〜」
美奈學姊和麻奈實學姊，以及周遭的男生們都爆笑出聲。
我也受到影響而露出苦笑。
但明華以微妙的表情凝視我。
就在大家都笑了一陣子之後——
明華往手邊的包包裡翻找物品。
「優哥，這給你。你是傍晚出門的，所以還沒吃過晚餐吧。我有做三明治帶來。」
她這麼說著，將包裝得很可愛的盒子遞了過來。
「謝、謝謝。」
「也有咖啡可以喝喔。」

她把保溫瓶內的咖啡倒進杯子遞給我。
我再次向她道謝，接下杯子。
打開盒子的包裝後，只見裡面放了雞蛋三明治、火腿三明治、鮪魚三明治，以及番茄生菜三明治。
旁邊還有香腸和炸雞塊當作配菜。整體的量滿多的。
「做這些應該挺費工的吧？」
「不會，畢竟很少有這種機會呀。」
明華露出微笑，一個個地指向三明治。
「聽說優哥喜歡雞蛋三明治和鮪魚三明治，所以這兩種我做了滿多的。雞蛋三明治也有分成只有夾蛋跟有夾蛋和起司的喔。」
她看似開心地對我說明三明治的內容。
看見明華那樣，不禁讓人想露出微笑。
她果然很可愛。我有點羨慕有這種妹妹的石田。
「明華，我的份呢？」
似乎是聽見了我們的交談，坐在前面的石田探頭過來。
「知道啦。我也有好好準備。」
這麼說著的她再次在包包裡翻找，隨即拿出以便利商店塑膠袋包裝的盒子，遞給石田。

石田一瞬間交互比對他拿到的便利商店塑膠袋，以及我那盒經過特別包裝的三明治。
「看起來，我的跟優拿到的差距還滿大的耶？」
聽見這番話，明華嘟起了嘴巴。
「裡面是一樣的喔！要給別人的總不可能用便利商店的袋子裝吧！」
石田只得講了句：「這樣講是沒錯啦。可是……」露出有些悲傷的神情縮回去了。
看來「理想的妹妹」和「現實中的妹妹」落差還滿大的。

進入關越車道後最先停車的地方是高坂休息站。
為了上廁所休息一下，我先下了巴士。
多虧明華帶來的手做三明治與配菜，我的肚子都脹滿了。
再加上我還喝了咖啡。
所以我想伸展一下身子。況且現在要是不上個廁所，後面的車程想必會很痛苦。
前往廁所的途中，我看了一下站內的美食區。
最近的休息站餐飲相當豐富。
駛離東京途中的這個高坂休息站有名的似乎是「烤牛肉蓋飯」。
現在我肚子很飽，所以真的是吃不下。不過要不是有這種機會根本不會來休息站，去看一下倒也不至於有什麼損失吧。

比我先下巴士的燈子學姊一行人已經在美食區裡頭了。

聚在一起的人有燈子學姊的摯友一美學姊，以及平常關係就不錯的美奈學姊、麻奈實學姊，再加上同好會會長中崎學長。

桌上擺了三明治，大家正分食著。

我想加入他們，然而現在什麼都吃不下了啊。

況且……我也很在意坐前面的燈子學姊。

是不是有其他男人對燈子學姊獻殷勤呢？

坐巴士的車程很長。只要聊得開心，坐車時也有可能與對方拉近距離。

……話是這麼說，事到如今也不可能只有我換位子。

我邊想著這種事邊上完廁所，接著去美食區隔壁的便利商店買了寶特瓶茶飲。巴士裡頭還滿乾燥的，很容易口渴。

走出便利商店後，我便看見距離稍遠的地方只有一美學姊、美奈學姊、麻奈實學姊三人在。

燈子學姊和中崎學長不知道是不是先回巴士了。

望見我的一美學姊對我招手。

我心想「怎麼了嗎」而靠過去後，一美學姊便用有些嚴厲的口氣這麼問我：

「一色，聽說你跟石田的妹妹氣氛滿好的？」

「咦？」

「我聽美奈她們說了。」

美奈學姊臉上浮現別有深意的笑容。

「明華鐵定對一色有意思吧。」

麻奈實學姊也露出對此事饒富興趣般的笑容。

「是啊，雖然本人多少有在隱瞞，但看在旁人眼裡實在很明顯。都給人一種『從很久以前就相當喜歡一色』的感覺了。」

之前聽見燈子學姊和明華的交談後，我就一直懷著「說不定是這樣」的想法……原來看在美奈學姊她們眼裡也是這樣啊。

此時，美奈學姊一下子往前站過來，用食指指著我。

「其實一色也不討厭這樣吧？」

「學姊是指什麼呢？」

「又～在裝傻了。」美奈學姊別有深意的笑容更加強烈了。

「當然是在說明華啊。你不是滿中意明華的嗎？」

「別說傻話了！對方可是朋友的妹妹，而且只是高中生耶。我怎麼可能那麼想……」

「但年齡也只不過差兩歲而已喔。一色自己去年也還是高中生吧？即使曾跟明華交往過，不也很稀鬆平常嗎？」

這麼說的美奈學姊擺出遮住自己嘴巴的動作。

「就說我沒那個意思了！況且明華只是從以前就認識我，所以跟我比較好聊而已。」

讀書會之際，明華的確曾對燈子學姊提起「要跟我交往」之類的話題。

但她也沒親自對我告白，後來根本不見要追我的跡象。

說不定當時只是我聽錯了而已。倘若如此，我就單純是個自我感覺良好的傢伙罷了。現在不去在意那些才是最好的選擇。

「嗯～一色沒有那種想法的話倒是無所謂啦。」

麻奈實學姊一邊這麼說著，一邊又賊笑了起來。

美學姊嘆了口氣。

「我是不會叫你別理明華啦，但你好歹也要顧慮一下燈子。」

「顧慮燈子學姊」？我不曉得這句話具體來說代表什麼意思。

美學姊看著這樣的我，繼續說了下去：

「燈子啊，今天有做三明治帶來喔。說是要代替晚餐，大家一起吃。」

「各位剛才有在那邊吃吧。」

「燈子說的『大家』本來有包括一色在內就是了。」

「咦？但我沒聽說過這件事，也沒被通知耶。」

「那是當然的嘍。出發之際，明華先說出『有做三明治帶來』了，燈子怎麼可能接著說

『我也有做三明治帶來，一起吃吧』這種話呢？」

一美學姊以彷彿帶點責備的目光看向我。

「燈子一開始根本不打算參加這次的外宿活動，到頭來卻還是參加了。一色跟燈子也不是單純的學姊與學弟的關係了吧？是不是該稍微察覺一下女人心比較好呢？」

最後，她靜靜地這麼說。

「呼……」

回到巴士，坐上自己位子的那一刻，我不禁長嘆了口氣。

「怎麼了嗎？看你好像很累地嘆氣。」

身旁的明華似乎覺得很不可思議，如此問我。

「啊，沒什麼，不是多嚴重的事。妳別在意。」

即使對明華講那些也無濟於事，況且這並非她的錯。

「這樣啊。」

這麼說完後，她從口袋中拿出手機。

「欸，優哥，機會難得，我們一起拍張照吧！」

「拍照？在這種巴士裡頭？」

如果要拍照，我覺得去外頭拍比較好就是了。

「上回這麼多人搭巴士旅遊都是小學的事情了。而且晚上搭巴士出遊不是讓人滿興奮的嗎？我想把這種氣氛記錄下來。」

原來如此，是這麼回事啊。這樣的話我多少能夠理解。

「我知道了。那就來拍照吧。」

明華隨即開心似的靠上我的肩膀，緊緊貼著我。

她伸出左手擺好手機，切換成自拍模式。

「準備好了嗎？我要拍嘍。」

伴隨著「嗶！」的一聲，閃光燈也閃了一下。

「再來一張。這次要麻煩優哥手比V字。」

這麼說著的明華，可愛地在嘴邊比了個V字手勢。

我儘管苦笑，也還是比出V字手勢。

明華的上半身更傾向我這邊了。

也因為如此，我和明華的姿勢與其說是「肩靠肩」，反倒比較像是「我把明華摟進胸懷裡」。

「嗯，拍得很好耶。」

明華凝視著剛拍下來的照片，露出看似滿足的笑容。

望見她那樣的表情，我也覺得內心溫暖了起來。

巴士駛離休息站一陣子後，便關掉了照明。

這代表睡眠時間到了。

直到不久前都還能聽見大家吵吵鬧鬧的說話聲，不過暗下來後，車內一下子就變得安靜不已。頂多偶爾會傳來有人講悄悄話的聲音。

我們的交談自然也變得小聲，頻率降低。

照平常的作息來說，現在是就寢也不奇怪的時間嘛。

而我滿在意一美學姊剛才所說的「但你好歹也要顧慮一下燈子」這句話。

想到燈子學姊做三明治也有準備好我的份……

內心刺痛了一下。

可以的話，我同樣想跟燈子學姊一起用餐。

然而她都沒聯絡我，這種情況實在無可奈何吧。

畢竟明華先講了，我也不想讓她留下難過的回憶。

況且她也是因為同好會的問題，才被邀來參加這次的滑雪外宿。

她都難得出來玩，想留下開心的回憶了，我不該做出加以破壞的舉動。

左肩忽然感受到有什麼壓來。

往旁邊一看，只見明華不知道何時睡著了，頭擱上我的肩膀。

我看了看時間，發覺不久後就要換日。

明華為我做了三明治，說不定大白天時就很忙了。

她累了想睡也是理所當然的吧。

巴士裡已經睡著的人或許滿多的，眼下一片寂靜。

耳邊傳來明華「嘶～嘶～」靜靜地發出睡著的呼吸聲。

我再度看向她。

她長長的睫毛彎出漂亮的弧線。

看起來軟綿綿的白皙肌膚，帶點微微的紅色。

……明華真的很可愛呢……

望著她睡臉的同時，我再度湧現具體的感受。

靠上我的明華傳來了柔和的香味。

儘管至今都沒有意識到，不過像這樣在這麼近的距離看著她，我就覺得她也是很有魅力的少女。

如果沒有燈子學姊，明華也不是以石田妹妹的身分出現在我眼前。而我就在明華高二的此時此刻認識她，會怎樣呢……？

……不行不行，我在想什麼……

我微微搖頭。

是啊，對明華而言，我必須當好「另一個哥哥」才行。

我要成為她眼裡理想的大哥，要以這為目標。

就像她在我眼裡是「理想的妹妹」一樣。

我這麼想著，閉上了眼睛。

七 滑雪外宿首日，幸運色色大混亂

——周遭是被白雪覆蓋的樹木包圍的滑雪路線。

「優哥～～！快點過來這裡～～！風景很美喔～～！」

明華在積得有點高的雪上站著，大聲叫我。

我氣喘吁吁，好不容易才抵達她佇立的小山底下。

「明華很擅長滑雪耶。我要跟上妳都得費好一番功夫。」

「我是田徑社的，就只有體力特別充沛。但這不代表我擅長滑雪，所以優哥沒有陪我的話會很困擾的。」

她一邊這麼說著，一邊笑著擺出握拳的勝利手勢。

看著這樣的她，我回想起今天早上的事情。

巴士抵達滑雪場的時間是凌晨五點半。

所幸飯店的人相當有心，為我們準備了行李置放處兼休息室。

然而都難得來到滑雪場了，在這邊無所事事也挺無趣的。

休息了三個小時左右後，幾乎所有人都換上滑雪裝，前往滑雪道。
同好會裡有六成的人滑的是雙板，另外四成則是滑單板。
我第一天想說要先熱身而選了雙板。單板我很不拿手，尚未跳脫新手的程度。
與雙板不同，單板是一次固定住兩條腿，摔倒時會滿慘烈的。在習慣滑動的感覺前，雙板應該不會讓人受傷。
到了滑雪道的我遍尋著燈子學姊的身影。可以的話，我想跟她一起滑雪。
況且一美學姊對我說過「但你好歹也要顧慮一下燈子」這句話，讓我很在意。
……要是我和燈子學姊待在一起，說不定彼此的心緒就會更加貼近……
我同時懷著這樣的期待。
我在吊椅售票處附近發現了燈子學姊。
她的滑雪裝是白底上頭有著淡粉紅與藍色幾何圖樣的貼身外套，搭配鮭紅色的貼身長褲。
燈子學姊在滑雪場依舊很引人矚目，滑雪裝也好像穿在模特兒身上一樣。
她正跟一美學姊及另外三名女性交談。
……還有其他人在，現在是不是不太適合向她搭話呢……
正當我這麼想著，忽然有人呼喚：「優哥！」把我叫住。
我回過頭去便看見明華，石田也在她身邊。

明華身穿有著亮粉紅色圖案，感覺滿可愛的滑雪裝。

她的臉頰或許是因為寒冷而染上紅色，卻也露出洋溢著健康氣息的笑容。

「我其實不太會滑雪耶。優哥能不能陪我一起滑呢？」

明華憑藉雪杖，讓雪板在地上慢慢摩擦，朝我滑過來。

看起來的確很不會滑雪。

然而石田露出了狐疑的表情。

「妳讀小學時全家人一起去滑雪，妳不是滑得很盡興嗎？」

明華馬上用雪杖敲了一下石田的腳。

「那都已經是好久以前的事情了耶，我早就忘了。很久沒滑，所以我會怕！」

她這麼說著，鼓起臉頰。

既然她都對我這麼說了，我實在很難拒絕。

「可以啊。在妳抓回感覺前，我們就三個人一起滑吧。」

我先陪明華一陣子再交給石田，應該就行了吧。

屆時我再試著向燈子學姊說：「我想跟妳一起滑雪。」吧。

我是這樣盤算的。

不過這沒多縝密的如意算盤，幾分鐘後就被粉碎得一乾二淨。

第一次乘上吊椅之際，有兩個女子大學的女生過來邀約：「石田，要不要一起滑雪？」

石田於是色欲薰心地一口答應：「好啊！」

他完全忘了我們……

如此這般，我打從一開始就變成要跟明華兩人單獨滑雪。

滑了三條主要的初、中級者路線後，明華攤開滑雪道的地圖。

「上面寫著這裡的林間路線適合初級者，距離很長而且景色優美。要不要去看看？」

看來是條得乘坐再往上的吊椅，繞行一大圈的路徑。

滑完這條後差不多就十一點半了，剛好可以接著吃午餐。之後再跟石田會合吧。

「ＯＫ。那我們去看看吧。」

我們就這樣踏上林間路線。不過這條路線相當耗費體力。

林間路線的寬度雖然狹窄，然而坡度並不陡，的確可以說是適合新手。

不過問題就是那個坡度。實在是太不陡了。

路途上有很多平坦的部分，在那種地方與其說是「滑雪」，不如說是「走路」才貼切。

不止如此，有些地方甚至是平緩到不行的上坡。

加上我租借的雪板滑行面可能有損傷，滑起來相當不順。

因此，絕大部分路途都逼我得做出「套著雪板走路」這樣的苦行。平常沒用到的肌肉受到摧殘，超乎想像地難受。

儘管途中曾遇到斜坡，但那其實是能在林間路線抄捷徑的中級路線岔路。

快受不了「套著雪板走路」這種狀況的我，對明華提議：「中級路線比較好滑，要不要往這邊走？」

明華卻表示：「比起在森林裡頭單純滑雪，可以邊看風景邊放鬆的路線一定更好！」強烈地反對。

到頭來還是依循她的主張，我們在平坦又沒什麼變化的新手路線上繼續行走。雙腿的肌肉都要變得硬邦邦的了。

途中的彎道邊有個視野似乎不錯的小小山丘。

「要不要上去看看？想必能一覽風景喔！」

精神飽滿地這麼說完後，明華馬上登起那座小山。

而我光是用套著雪板的疲累雙腿登上那種程度的小小雪山，都得費上好一番功夫。

真不愧是女高中生，基本體力和我這種考試後就沒有好好運動的大學生可說是相距甚遠。

——如此這般，我正處於上述的情況當中。

……明華明明個頭那麼嬌小，體力還真是充沛耶……

我一邊辛苦登上明華正站著的「滑雪路線旁如小山的地方」，一邊想著這種事。

好不容易才站到她身邊。

「你看，很美對不對？」

她看似滿足地這麼說。

景色確實很好，信州的連綿山峰在周圍閃耀著白光。

往下則可以看見有著紅綠各色屋頂的房屋。

「的確呢。看著這樣的景色，就有種『我來滑雪了耶』的感覺。」

我附和明華的想法。雖然我沒有雪山登山那類硬派的興趣，但能輕易享受這種白銀世界，想必正是滑雪的好處。

「我能來這次旅遊真是太好了。」

明華停頓了一會，接著說：

「像這樣一整片的銀色世界，不是會讓人覺得好像來到其他世界，湧現一種特別的感覺嗎？」

「這個嘛，路線本身不怎麼有趣，但景色倒是挺不錯的。要是大家喧騰地一起滑，應該會很歡樂吧。」

聞言，明華露出看似溫柔卻又有些寂寞的奇妙表情。

我不懂她到底為何會露出這種表情。

大概有三分鐘吧，我們一語不發地望著被白雪覆蓋的風景。

「差不多該走嘍。」

聽到我這麼說，明華點了點頭，打算轉換方向。
「啊！」
下一瞬間，她小聲地叫了出來。
我一回過頭，便看見她失去平衡，似乎正要往後倒下。
她倒下的方向是懸崖，要是掉下去，事態就嚴重了。
「明華！」
我迅速伸手抓住她的右手。
然而在不易踩穩的小山上，實在無法撐住失去平衡的人。
我們就這樣牽在一起，自小山上滑落。
我反射性地伸出左手，抓住了圍住滑雪路線的防墜落用繩索。
拜此之賜，我們只滑落了一公尺左右便停住。
我以像是要抱上明華般的姿勢，撐在她的上方。
「妳還好嗎，明華？」
我這樣問她。由於底下是柔軟的雪，她應該沒有受傷才對。
「謝、謝謝。我沒事。」
明華如此表示，抬起頭來。然而她的臉實在距離太近，讓我心跳加速了一下。
「哎、哎呀，既然妳沒受傷就好。」

此時，明華應該也察覺到自己跟我正呈現互相擁抱的態勢。

「優、優哥呢？你有沒有受傷？」

臉頰泛紅的她別開目光，這麼問道。

「我沒事。那我們小心地站起來吧。倘若再失去平衡，這次說不定真的會掉下懸崖。」

這麼說著的我以右手施力，打算撐起身子。

然而右手陷在雪中，導致我無法起身。

雪實在太軟了，我沒辦法支撐起身體。

「怎麼了嗎？」

看著一直無法起身的我，明華問道。

「呃，雪太軟了，我無法起身。況且雪板前端插在雪裡，連腳也動不了。」

沒錯，由於路線外沒有任何人滑過，一直是新雪的狀態。

因此雪很蓬鬆，讓人無法撐起身體。而雪板又插在雪裡，人就這樣動彈不得。

我環顧四周。

或許是因為這條林間路線太平坦而不受歡迎，沒什麼人會來。

眼下看起來似乎不會有人馬上來幫我們。

……這樣下去很不妙。

我心裡這麼想。

「明華有辦法動嗎？」

聽到我這麼說的她同樣想撐起身，但果然也礙於雪板被雪埋住，以及雪太軟的關係而無法動彈。

她紅著一張臉如此回應。

「沒辦法。完全起不來。」

「沒辦法。我們先脫下雪板，然後想辦法回到路線上吧。」

我在明華上頭把身體彎成「く字型」，準備解開自己的雪板固定器。

然而這樣的體態……讓我的頭正好來到明華的胸口一帶。

「呀唔！」

她發出奇怪的慘叫。

「抱、抱歉。只有解開雪板時會這樣，妳忍耐一下。」

「好、好的。」

臉變得更加通紅的明華如此回應。

儘管我同樣覺得相當害羞，但在這種狀況下也沒辦法吧。

「我也解開明華的固定器喔。」

我繼續蜷縮著身體。

這次我的頭來到了明華的腰部一帶……能感覺到她繃緊了身體。

當我好不容易也解開了明華的固定器時，她已經因為害臊過度而以雙手遮住臉。不過看她這麼在意，讓我都跟著害羞起來了。

「好，我們準備起身吧。」

「可是雪太軟了，即使用手撐也只會陷進去，沒辦法抬起身軀耶。」

「所以妳要先拿我當底，回到滑雪路線上。我一個人的話應該有辦法脫困。」

「好。」

我們就這樣試圖由兩人相擁的姿勢慢慢挪移，透過微妙的蠢動改變位置。

此時，我忽然想到——

這種狀況要是被別人看見，是不是會被誤會得很深？

在杳無人煙的路線外，我和明華維持兩人相擁的姿勢，啟人疑竇地蠢動著……

呃，等等，這可是件嚴重得不得了的事耶。

倘若這種傳言在同好會間傳開……

甚至傳進了燈子學姊耳裡……

再怎麼說明華都是女生，被人傳成那樣實在太可憐了。

在寧靜的雪山裡，我豎耳聆聽。

無論如何都不能被人看到。

「喂～～」

嗯，好像有誰在叫耶……

「喂～」

遠處傳來了呼喚的聲音。拜託，希望是我聽錯啊！

「喂～～＊＊＊＊＊。」

我再度聽見呼喚的聲音。

「喂～～＊＊＊＊＊色～～」

呼喚聲愈來愈近。看來不會有錯了，確實有誰在叫著。

「喂～～一色～～！」

完全就是在叫我啊！

我慌張地環顧四周，卻不見半個人。

「在這裡、這裡啦～～！」

聲音是從上頭傳來的。

我抬起頭一看，從葉子掉光的林木間望見了吊椅。

坐在吊椅上的兩個男生正揮著雪杖。

「一色～～你這小子～～搞什麼啊～～～」

看來是同好會的人。

撞見這種狀況，他們應該誤會了什麼。

「不是啦！只是剛好在這裡跌倒了而已！」

我使盡全力叫喊。

然而吊椅上的兩人通過上頭之際，似乎只是笑個不停。

「明華，吊椅上好像看得見這裡。我們快點離開吧！」

「好、好的！可是我真的很難脫身……」

「妳直接踩在我身上沒關係。無論如何都得快點擺脫這種狀況！」

聽到我這麼說，明華紅著臉點頭，旋轉身體在我身上以四肢爬行。

結果在那之後又過了五分鐘，我們才終於成功脫離該處。

那段時間當中，想必又有些乘坐吊椅的人目擊我們的模樣。

這下……該不會演變成非常不妙的事件了吧？

我們回到出發地點的飯店前時，已經過了中午好一陣子。

我和明華在飯店的餐廳裡享用遲來的午餐，下午再度一起滑雪。

這段時間裡我曾試圖尋找石田，卻沒能找到他。

儘管明華看起來很開心，然而有件事讓我相當擔憂。

就是剛才林間路線的事。

要是沒有演變成奇怪的謠言傳進燈子學姊耳裡，那倒是還好。

過了下午三點，我好不容易找到石田。

他似乎跟上午邀他的兩個女子大學生處得非常開心。

到了四點，我們結束滑雪，回到飯店。

我被分配到的房間是和石田同住的雙人房。

在房裡脫下滑雪裝後，石田馬上開口：「快去泡澡吧，泡澡！」

因為我也塗了防曬乳，又渾身汗臭且頭昏腦脹，二話不說就同意了。

由於時間還早，大浴場空空如也。

我們讓浴池內的水泡上下巴。總覺得因為久違的運動而緊繃的肌肉正慢慢放鬆。

「今天真開心。有參加外宿實在太好了。」

石田看似滿足地發表感想。

被兩個女子大學生圍著，想必讓他心滿意足了吧。

然而我無法立刻附和他的意見。

「怎麼了？優有什麼不滿的嗎？」

「倒也不是說不滿啦……」

「該不會是氣我把明華都交給你吧？」

「我沒生氣。」一這麼說著的我用毛巾擦臉。

「不過石田，明天你要跟明華待在一起。不然再這樣下去，八成會傳出奇怪的謠言。」

「你是說在無人的路線上互相擁抱的那檔事嗎？」

石田若無其事地這麼說。

「連你都知道了嗎？」

「畢竟已經傳得很開嘍，感覺還加油添醋了不少。」

「喂，我先說清楚，我們可沒做出什麼見不得人的事。只是因為明華失去平衡，我們兩個碰巧一起跌倒……」

「我知道啦，你不是會做出那種行為的人。」

石田舉起一隻手制止我說下去。

「應該是你運氣太差了，剛好在吊椅看得見的地方落入那樣的狀況。真要說起來，那條林間路線平常似乎視野很差，很少有機會能在吊椅上看得那麼清楚喔。我也聽說常常會有主要路線沒事，卻只有那裡起霧的狀況。況且那邊沒什麼斜度，要是下起雪，好像反而很難滑。」

我不需要那種不怎麼重要的林間路線資訊就是了。

現在的問題是，我跟明華傳出了奇怪的流言。

「奇怪的謠言要是再繼續傳下去就糟糕了吧，也會給明華造成麻煩。所以明天你就陪她……」

「有一半的謠言或許是真的喔。」

他講出這番讓我不知所措的話。

「這是什麼意思？」

雙手擱在浴池邊的石田仰望天花板，維持這樣的姿勢好一陣子。

「如果可以，我是想避免親自說出口啦……」

他先是做了這樣的開場白，接著說明：

「也就是即使你沒那樣想，明華對你也有那個意思喔。她是真心打算在這次的旅遊跟你成為男女朋友。」

「真的假的，在這次外宿？」

「明華可是首度跟你一起旅行喔。對她來說，這種機會可以說是千載難逢吧。況且還有燈子學姊的事，似乎更火上加油了。」

面對石田漠然的這番話，我著急了起來。

「你為什麼講得好像事不關己？她可是你妹妹耶？不覺得那樣很討厭嗎？」

「不會喔。明華喜歡誰、要跟誰交往，都與我無關。」

「照理說哥哥不是會阻止妹妹跟男人交往嗎？」

「漫畫或電影的世界才有那種事啦。現實中的兄妹才不會互相干涉那麼多呢。」

超喜歡動畫跟漫畫的石田居然這麼說？

「當然啦，如果她要跟小混混或吃軟飯的那種奇怪男人交往，我就會反對。以這方面來說，對象是你我很安心。」

「可是啊，我想和燈子學姊……」

「你嘴上這麼說，實際上有對燈子學姊展開什麼行動嗎？」

「呃，畢竟我從昨天就一直跟明華待在一起啊。」

「『有明華在所以什麼都做不了』難道不是藉口嗎？」

閉上雙眼的石田挪動身子，讓接近耳朵的部位也泡進熱水。

「燈子學姊看起來不打算接近你，你自己也沒有積極行動。從某個角度來講，我覺得看見這種狀況的明華會對優積極展開攻勢，也是理所當然的喔。」

我一句話也無法回嘴。石田的這番話異常地重擊了我的內心。

「但我不會偏袒任何一方。我不打算阻礙明華，優要對燈子學姊進攻的話我也不反對。就當成我對兩邊都算是有加油打氣吧。」

這麼說完後，石田起身離開浴池。

洗完澡在房間裡閒遊了一陣子後，便到了晚餐時間。

我們跟明華會合，前往宴會廳。

晚餐的菜色是雞肉排、以固態燃料加熱的單人小火鍋，配上沙拉、醃漬野澤菜，以及白飯和香菇味噌湯。

以滑雪場的旅宿來說，算是一般般的菜色吧？

晚餐時幾乎所有人都齊聚在此。或許是因為一大早就開始活動了，幾乎沒人滑雪滑到這個時間。

用餐途中，中崎學長宣布：

「今天會在這裡直接舉行大型宴會。用完晚餐後別回到自己房間，記得留在這裡！收拾完後會端出下酒菜跟飲品，麻煩大家一起幫忙。十幾歲的人不能喝酒，只能喝無酒精飲料喔！」

儘管有人喊道：「太無趣了吧！」然而中崎學長身為同好會的負責人，這方面當然得好好規範才行。

那樣的學長來到我們的位子上——

「高中生不適合待在喝酒的地方，你們要確保明華在八點回房啊。」

如此叮嚀我跟石田。

「我知道了。」「了解啦。」

我跟石田這麼回應。但明華看似相當不情願。

用完晚餐後，飯店的工作人員便過來收拾，接著上飲品。

我們則是先把零食點心分配在各張桌子上。

大夥兒紛紛開心地喧騰玩樂。

過程中，我三不五時會偷看一下燈子學姊。

燈子學姊坐在與我不同列、有點遠的桌位上。

和她在一起的是一美學姊，以及身為同好會中心人物的美奈學姊、麻奈實學姊兩人。

然而不斷有各種男人輪流出現，向燈子學姊搭話。

其中包含已退出同好會的畢業生、研究生、大四生，以及仍是同好會成員的大三至大一生。

裡頭也有人執拗地拿著酒瓶，自以為是地試圖對她勸酒。

儘管燈子學姊應付那些人的手法相當熟練，但我依舊忍不住會在意。

此時，我的側腹被輕輕地戳了兩下。是明華。

「優哥，明天要去哪裡呢？」

「咦，呃，這個嘛……」

她笑容滿面地吃著巧克力，這麼問我。

我含糊其詞。可以的話，明天我想跟燈子學姊一起滑雪。

「或是不要滑雙板，改滑單板？」

「但我不太會滑單板喔，只能在比較平緩的斜面上以蛞蝓爬行般的速度慢慢滑。」

聽見我這麼說，明華看似高興地兩手一拍：

「太好了！其實我也只在以前全家一起去滑雪時滑過一次單板，當時同樣是滑不起來。

我還想說如果優哥很會滑，會給你添麻煩呢！既然這樣，我們一起滑吧！」

聞言，石田像是打預防針般地這麼說：

「明天好像有同好會全體參加的活動喔，說是要所有人一起玩遊戲。」

「是怎樣的遊戲啊？」明華詢問石田。

「不曉得，詳情我不清楚。但據說是定向運動。」

所謂的定向運動是那個嗎？拿著地圖在山裡頭到處跑，達成任務的運動。要在滑雪場玩那個嗎？

「那我想跟優哥一組！」

明華這麼說著，抱上我的手臂。

「我們一起玩吧！」

如此表示的她滿臉堆笑。

被她天真無邪地這麼一說，我沒辦法拒絕啊。

「啊，嗯，也可以啊。但不確定是不是兩人一組喔。」

石田側眼看我，「唉」地輕嘆了口氣。然後——

「明華，差不多要八點了。妳回房間去吧。」他如是說。

「咦～再待一下也沒關係吧？」

「不行。剛才中崎會長也說過了。妳要是在這裡待太久，說不定會給他添麻煩。」

「可是只有我回房間也很無聊耶。」
「帶妳來這次外宿的條件說好是要聽我的話吧。」
明華看似十分不滿地鼓起臉頰。
「那優哥要不要一起來房間？玩個撲克牌之類的。」
「咦，我……」
石田再次幫了支吾其詞的我一個忙：
「妳今天不是整天都跟優待在一塊嗎？他多少也會想跟其他人聊聊，今天妳就先放過他吧。」
被這麼一說，明華的表情看起來更加不滿。
「又不是就這樣結束了，還有明天啊。妳要是太執拗，反而會被優討厭喔。」
儘管她看似依舊無法釋懷，但聽石田這麼說，好像終究還是放棄了。
不過她最後仍不忘再三確認：
「那優哥，今天我就先回房間了。但明天的定向運動絕對要一起組隊喔！說好嘍。」
這麼說完的她不待我回應，隨即起身。
倒不如說，或許她就是要趁「我還沒說NO」時離開這裡吧。
「那麼，我也送明華回房去。」
石田說完，也一起離開了宴會廳。

落單的我一邊等石田回來，一邊吃著柿種米菓。

倘若明天我依舊跟明華獨處，感覺真的會產生奇怪的謠言。

看來明天只能要求石田一起行動了。

「一～色！」

才想說怎麼會有人語帶雀躍地呼喚我，我的兩側便有兩個女生坐了下來。

她們是經濟學院一年級的綾香和商學院一年級的有里。

這兩人與美奈學姊、麻奈實學姊一起被稱作「同好會女性中心人物四人組」。

我是在「蛋糕吃到飽的女生聚會」與她們拉近關係的。當時營造這個機會的是燈子學姊。

之所以會在那場女生聚會上與她們拉近關係，也是為了「X－DAY計畫」所做的事前準備之一。與她們拉近關係會提高我在女生群體當中受歡迎的程度。而我跟燈子學姊在耶誕派對上對兩個劈腿仔猛烈展開復仇時，她們也會站在我們這邊幫腔。

到頭來，我跟她們四人便成了聊得開的關係。

「終於能說上話了～」這麼說著的是綾香。

「因為你從昨天就一直跟石田的妹妹在一塊嘛。」講出這句話的是有里。

「畢竟明華跟不認識的人待在一起似乎會滿不安的。我想是基於這樣，她才會跟我待在一起吧。」

我含糊其辭地回應後，綾香的手肘便戳了過來。

「又來了～～還在那邊裝傻。大家都看得出來啦。」

「看得出來是指？」

「你打算裝傻裝到底嗎？」

綾香以看似十分愉快的目光望著我。

「所以是指什麼啦？」

我擺出漠然的態度如是說。然而心裡狂冒冷汗。

「就是石田的妹妹喜歡一色的事情啊！」

綾香如此表示後，有里接著把話說下去：

「那女孩非常喜歡一色呢。眼裡容不下其他人，只管為愛向前衝。給人一種沒人能阻止她的感覺喔。」

「呃，所以說那是……」

「今天你們不是也在沒人去的林間路線抱在一起嗎？好大膽喔～～！」

「不，等等。那是個誤會喔。只是明華失去平衡，我們兩個一起跌倒而已。」

我急忙如此否認。

綾香卻露出如同「小孩找到很有趣的玩具」般的表情。

看來她打算一直挖苦我吧。

「咦～可是我聽說你們抱在一起好長一段時間耶。」

「對啊對啊，好多人都說看見了耶。」

有里也附和綾香的話。

「真的不是那樣。只是我們兩個都陷入新雪，沒辦法馬上脫身而已。由於行動困難，才會像是長時間抱在一起啦。」

我拚命辯解，但她們兩個好像一點也不相信。

綾香邊把手伸向我的柿種米菓邊這麼說：

「不過真沒想到一色會跟女高中生交往呢～～」

「不，我們沒在交往。完完全全沒那回事。」

「我想說都發生過那起事件，還以為一色一定會跟燈子學姊交往呢。」

講出這句話時，綾香看著我的眼神似乎帶點責備的意味。

「說得對，我也是那麼想的。感覺讓人有點失望耶。」

「……」

兩人的這番話，讓我一個字也說不出口。

原來周遭的人是這樣想的嗎？

其他人怎麼看待我倒是無所謂。然而燈子學姊……

「沒想到不是選『正版城都大學小姐』，而是選ＪＫ呢。」

「說到城都大學小姐，明年不知道會怎樣？」

我還來不及否定「關於我和明華的誤會」，有里便先丟出了別的話題。

「妳說的是那個吧？明年文化祭不會舉辦選美比賽的事情。」

如此回應的人是綾香。

「這樣啊，選美比賽果然不辦了。」

「還沒有確定就是了。但之前不就有各種意見了嗎？應該是考量到那些意見，大學祭執行委員才會朝著廢止選美的方向進行吧？」

……城都大學小姐的比賽要廢止了啊……

城都大學小姐和大學先生的比賽是文化祭活動之一，每年都會舉辦。

然而誠如綾香所言，最近掀起「多元價值」的風氣，聽說滿多大學都廢止了校園選美比賽。

文化祭的一大盛事消失，總覺得有點寂寞就是了。

「可是啊，我們學校的城都大學小姐歷史悠久，有許多參賽者成了播報員或主播啊，也是有人以當上城都大學小姐為目標呢。廢止的話總覺得滿可惜的耶。」

針對有里掛心的事，綾香回應了：

「所以才有新的『繆思小姐』這個提案呀。」

我的耳朵對於「繆思小姐」這個詞彙起了反應。

那是考完試當天，果憐跟別人交談時提到的名詞。

況且當時還提到了燈子學姊的名字，讓我十分在意。

「『繆思小姐』是什麼呢？」

聽到我這麼問，綾香擺出感到相當意外的表情。

「一色不曉得嗎？」

「只聽過名字……那到底是什麼樣的活動？」

「我知道的也是從別人那邊聽來的而已喔。」綾香先做了這樣的開場白。

「簡單來說，就是取代『城都大學小姐』選出校園美女的活動吧。據說與之前不同，這個比賽比起外表，更加重視參賽者本身的個性與知性。特長領域與言談等也包含在內喔。」

她喝了口烏龍茶潤潤喉後，繼續說著。

「所謂的繆思，指的是希臘神話的智慧女神，九位女神分別司掌詩詞、舞蹈、音樂、戲劇、天文學、歷史等。活動似乎要根據這個傳說，在校園裡頭選出九位分別擁有那些特長的女性。」

原來如此。

「不過到頭來，這個活動依舊是在挑選女性呀？」有里這麼說。

「沒辦法吧？畢竟女性雜誌也有『想被他擁抱的男性排行榜』之類的。況且以前只會選出前兩名的女性，但今後不會附上排名，而且要選出九個人，對於以播報員為目標的女生來說可是個優勢喔。」

此時，有里看似開心地探出身子。

「既然如此，那個人也不能像之前那樣耀武揚威了呢。」

「對對對，之前她老是擺出一副『自己是女王』的態度，踐個二五八萬的。要是她不再那樣，對我們這些普通女生來說就再好不過了。」

「那個人是指誰？」這麼問的人是我。

「文學院二年級的龍膽朱音。她是今年跟去年的城都大學小姐冠軍，但就是個惹人厭的女人。」

綾香擺出真心厭惡似的神情。

附和她的有里也點了點頭：

「嗯嗯，她仗著自己是城都大學小姐可囂張嘍，『我跟妳們這些人不一樣喔』的態度太明顯了。也有她現在就開始接近電視台相關人士的傳言呢。」

「她面對男女的態度差很大。不過即使是男人，也會區分『派得上用場的男人』和『派不上用場的男人』擺出不同的態度。說她是功力提升好幾倍的果憐，應該就很好懂了吧。」

原來這所大學有那樣的女傑啊……真可怕。

「所以啊，以我的立場來看，其實滿希望燈子學姊出來選城都大學小姐的。」

有里看似遺憾地說。綾香也同意她的說法：

「對呀。要是燈子學姊去選城都大學小姐，龍膽朱音根本不成對手。如此一來，那傢伙就沒辦法擺出高高在上的態度了。」

「但龍膽學姊也因為這樣敵視燈子學姊吧。聽說她沒辦法忍受燈子學姊被稱作『正版城都大學小姐』。」

「以她的個性來說想必如此。她是那種自己不是第一就不服氣的人。」

話說到這裡，拿著酒杯的一美學姊過來了。

「看你們聊得挺熱絡的呢。」

「啊，一美學姊，妳要加入嗎？」

綾香這麼詢問。

「嗯，我在想要不要跟一色聊聊。」

「那我們就去燈子學姊那邊嘍。」

有里這麼回應後，隨即跟綾香一起拿著玻璃杯起身。

一美學姊坐到我身旁、石田原本坐著的位子上。

「看來你終於從明華身邊得到解放了呢，一色。」

「唉……」

「唔，還是說你其實想跟明華待在一起？」

一美學姊像是在捉弄我般地這麼說。

不過……她的目光似乎帶了點怒意。

「才不是那樣呢。」

我也有點不高興地回應。

「可是啊，那個年紀的女高中生一旦開始鑽牛角尖，就只會直直地向前衝了。我也有過經驗喲。」

「一美學姊也有過嗎？」

我不禁這麼回問。

「沒錯。那女孩就讀的是市川女子學院吧？我也是市女的畢業生。」

我曾聽燈子學姊表示「一美學姊讀的是私立高中」，卻不曉得就是市川女子學院。

「那個年紀的女校學生啊，會把自己的理想重疊到身邊的人上頭。」

一美學姊把啤酒倒進自己的酒杯，宛如在回憶似的說著：

「常有的情況是學校老師？所以女校的男老師要是很年輕，就會得到所有女生的思慕。再來就是在補習班打工當老師的大學生之類的？」

「是這樣嗎？」

「是啊。畢竟以『能指導自己』這點來看，教師的確是高一階的存在。而在女高中生眼裡，很容易化為『能聆聽自己說話，可以依靠的存在』。」

此時，她喝了一口自己倒的啤酒，「噗哈」大大地呼了口氣，繼續說下去：

「對於明華來說，一色就是那樣的存在了吧。你很體貼，長相也滿吃得開的，國中和高中時也滿會念書的吧？況且你是她哥的死黨，從以前就認識，她也不會擔心你做什麼奇怪的事。恰巧就是女生可以投射理想的存在呢。」

「原來是這樣嗎？」

「所謂的女高中生就是這樣喔。個性認真的女孩或許特別容易有這種傾向。我想在她心裡，一定覺得自己成了少女漫畫的主角喔。兄長的死黨，同時也是個令人憧憬的溫柔大哥哥。那份憧憬轉變為戀情，對方卻絲毫沒有察覺到自己的心意。再加上有個成了勁敵的美女反派千金……」

「咦，反派千金指的是誰啊？」

「那還用說？當然是燈子啊。」

「燈子學姊是反派千金？怎麼會？」

燈子學姊絕對不可能是什麼反派千金，倒不如說是完美無缺的正義一方才對。

「我是指看在那女孩眼裡，說不定就是那樣。畢竟戀情當中沒有對手，故事就不會高潮迭起了。」

一美學姊像是要肯定自己所說的話般點了點頭，又嚥下第二口啤酒。她只喝了兩口，酒杯就空了三分之二。

……話說回來，明華之前曾說過「優哥實在太可憐了。這樣是在玩弄優哥的感情！我無法允許這種事」呢……

我想起考試前和燈子學姊、明華她們一起在家庭餐廳開讀書會時的事情。

還有在來這裡的巴士上所做的心理測驗。當時明華針對「代表目前的擔憂的畫」回答的是「感覺很壞心眼的千金大小姐」。

指的該不會是……

「不過那女孩這樣，其實倒也無所謂呢。與迷戀同一間女校的學姊相比，那樣說不定還比較普通。問題是出在一色身上。」

「出在我身上？」

「對。」一美學姊在喝下第三口讓酒杯變空之前，又拿啤酒倒滿了酒杯。

「我能理解你是被明華強硬貼著。然而就結果來看，跟你對明華也有意思是一樣的。」

「不，我才沒有！」

「你真的能那麼篤定嗎？既然如此，你為何不能斬釘截鐵地向明華表示『不要單獨兩人，大家一起玩吧』？看在周遭眼裡，你跟明華就是『打算開始交往的兩人』喔。」

「但如果我突然對明華講那種話，總覺得她很可憐……」

「到頭來，其實你也想得到她的青睞吧。」

一美學姊沒讓我把話說完。

趁著我被逼得啞口無言之際，她的手臂用力勾到了我的脖子上。

「你看看那邊啊，一色。燈子那邊。」

她這麼說著，讓我的頭轉向燈子學姊坐著的席位。

「從剛才開始就有一堆男的靠近燈子，她總是隨意打發，趕走了他們。儘管如此，她依舊參加了這次外宿。她已經有自己會曝露在好奇目光下的心理準備了吧。不知道到底是在等誰去邀她呢？」

一美學姊呼出帶點酒味的氣息。

不過比起那酒精的氣味，她的話語更加刺激我的腦袋深處。

「燈子自己沒有採取行動，也無法採取辦法行動。既然如此，你應該知道是誰該主動了吧。」

宛如被一美學姊這番話擺布一般，我點了點頭。

「我也知道耶誕派對後你們兩人之間什麼都沒發生，所以今天會為你們製造可以好好單獨談談的機會。我跟燈子住的是雙人房，而我會在這裡喝酒喝一陣子。再加上燈子現在罕見地喝得很醉……不就是你們互相知曉對方心意的大好機會嗎？」

能與燈子學姊兩人單獨說話的時間！這的確是我求之不得的機會。

我盯著一美學姊的臉。

我和學姊的額頭幾乎要貼在一起，感覺兩張臉的距離應該連十公分都不到。

她的眼裡閃著惡作劇般的目光。

「謝謝學姊！」

我懷著強烈的情緒如是說。

「好啦，快去吧！」

一美學姊作勢要推我一把，鬆開了手臂。

「啊，你可別做出讓我回去後會很困擾的事喔！」

最後也不忘像這樣叮嚀。

「燈子學姊，我可以坐這裡嗎？」

我在燈子學姊身旁坐了下來。

時間是在先前來找燈子學姊的兩個畢業生受她冷淡對待而離開後的下一刻。

「一色？」

燈子學姊瞬間轉向我。

仔細一看，只見她滿臉通紅。不知道是不是喝了很多酒？

她隨即又把臉轉向桌子，不帶感情地說：「有什麼事嗎？」

「呃，我也想跟燈子學姊稍微聊聊……」

我的語氣愈來愈弱。總覺得有種微妙地被疏遠的感覺。

「明華呢？你不是正跟她聊天嗎？」

燈子學姊依舊面向正前方，凝視著酒杯。
她果然不看我。要是一直這樣，心情上真的會很受挫。
「明華回房去了。畢竟喝酒的場合不適合高中生待著。」
「如果不是喝酒的場合，你們就會待在一起嘍？」
唔，這是怎樣？這種口氣有點像在找碴耶。
「不，我不是那個意思。」
「昨晚的巴士上，你也是坐在明華旁邊嘛。」
「這麼說是沒錯，那是——」
「跟明華聊天很開心嗎？」
「啥？嗯，還行吧。只是閒話家常而已。」
「白天你也一直跟她在一起，不是嗎？」
「……是的。」
「在沒人會去的林間路線兩人獨處……」
謠言果然也傳進燈子學姊耳裡了啊……
「可是那只是意外——」
「跟明華待在一起的一色看起來很開心。」
「……」難以回應的我，默默地喝起杯中的烏龍茶。

「你從昨天就一直不在乎我，對不對？」
背向我之後，依舊拿著杯子的燈子學姊抱起膝蓋。
「或許女生果然還是要積極點，戀愛才會進展順利呢。」
「那個，燈子學姊──」
「明華也說過喜歡一色，才會跟過來吧？」
「她並沒有直接這樣對我說……」
「畢竟明華很可愛嘛……一色也一副很喜歡跟她相處的表情。」
燈子學姊這麼說著，拿起手上的酒杯大口喝下。她的酒杯空了。
「一色之前明明說過『我原原本本的樣子最可愛』……」
我聽見她微微抽了一下鼻子，發出「嘶」的一聲。
「我說的是真話。」
「結果年紀比你小的女高中生，依舊比年紀大的可愛嘛。」
「我沒說過那種話。」
「男生果然還是比較喜歡可愛的女生呀。」
我還是第一次看見燈子學姊像這樣抱怨。
她根本沒在聽我講話。
「那個，燈子學姊該不會是喝醉了吧？」

「我才沒有喝醉！」

她狀似生氣地轉過身來這麼說。

然而……她的臉跟眼睛都是粉紅色的。

「我沒有喝醉啦！」

她這麼說著，粗魯地將酒杯放到桌上。

她就這樣子把上身擱到桌上，以充滿怨恨般的目光望著我。

……呃，這明明就醉得很慘……

「一色你啊，好狡猾喔。」

「真的好狠，玩弄女人心耶。」

「喜歡年輕的就直接說啊。」

「長得一臉認真還那麼體貼，根本是罪過啦。」

完、完全就是在發牢騷。

同好會之前也有過好幾次酒局，但我還是第一次看見燈子學姊這樣。

明明聽說她是不會被酒精左右的人耶。

該不會……她是喝了以後就很會抱怨的那種人？

「啊～～她整個喝開了呀。」

身後有人這麼說。

我轉頭一看，發現是一美學姊。看來她回到這裡了。

另一邊的燈子學姊則是睡眼惺忪，半夢半醒的樣子。

「一色，燈子好像喝得很醉了，你就幫忙帶她去我們房間吧。我還要再喝一陣子。」

一美學姊這麼說著，對我眨起一隻眼。

「我知道了。燈子學姊，先回房間休息吧。」

對燈子學姊這麼說完後，我便讓她搭上我的肩膀，接著站起身。

「要、加、油、喔！」

一美學姊，以及更旁邊的同好會中心人物美奈學姊，小小聲地對我這麼說。

對此感到無比害羞的我，就這樣頭也不回地走出宴會廳。

我讓燈子學姊的左手環過我的肩上，並以右手扶住她的腰支撐她，就這樣前往她的房間。

燈子學姊看來喝得很醉，一個人的話應該連走路都沒辦法，腳步搖搖晃晃的。

……她是不是被人勸了很多酒？還是自己主動喝的呢？

學姊的長髮柔順地落在我的手臂上。

而且……儘管隔著偏厚的毛衣，我依舊能感受到她既豐滿又有彈性的胸部。

這是我第一次跟燈子學姊貼得如此緊密。

終於，我們抵達了燈子學姊的房間。
她已經是光憑自己連站都站不起來的程度了。
我靜靜地讓燈子學姊坐到床上。
「要不要喝個水？」
聽到我這麼問，燈子學姊點了點頭。
我從冰箱裡取出裝水的保特瓶，準備拿給學姊。
「我拿水過來了。」
燈子學姊看似相當疲倦地以左手壓在床上支撐上半身，然而身子依舊搖搖晃晃的。
我再次摟起她的肩膀支撐住她，並將轉開瓶蓋的寶特瓶遞給她。
喝了兩口水後，燈子學姊便說了聲：「謝謝。」並把保特瓶還給我。
「學姊還好嗎？」
「……嗯……」
她小小聲地這麼回答。
可是接下來我該怎麼做才好？
照理說，現在這樣鐵定是個機會。
然而燈子學姊醉得很嚴重耶。
她之前曾說過「結婚前都不會做那種事」。

倘若在這樣的狀態下跟燈子學姊有了第一次，對她來說不就會成為令人厭惡的回憶嗎？

我不希望燈子學姊留下那樣的回憶，也不願意那麼做。

儘管懷著這樣的念頭……我卻也不想離開這個房間。

不知道自己該怎麼做才好的我陷入迷惘。

「唔。」

發出小聲的呻吟後，燈子學姊像是想到什麼事情，打算站起身來。

「怎麼了？」

我持續支撐著她，跟著起立。

但此時燈子學姊失去平衡，手下意識地抓住我的肩膀。

因此連剛要站好的我都失去了平衡，兩人雙雙倒在床上。

沒錯，現在的我們簡直像是抱在一起……

燈子學姊端正的面容近在咫尺。

看似沒化妝且如同潔白陶器的柔滑肌膚，充了血般地染上粉紅色。

此情此景充滿煽情的魅力。

燈子學姊豐滿的胸部正壓在我身上。

光是這樣就加深了我心中的情慾。而她的氣息又溫柔地吹拂在我的臉上。

她明明喝醉了，卻一點酒臭味都沒有。

不只如此，甚至散發甜美的香氣。

……這、這樣子，意思是ＯＫ吧……

我在繞過燈子學姊身體的手臂上施力。

「一色……」

燈子學姊微微睜開眼睛，以潤濕的眼瞳望著我。

「我好寂寞。你都一直跟明華待在一塊……」

我的手仍停在原來的位置。

在她講話的當下，我猶豫著該不該進入下一步。

「我在想，你是不是覺得我怎樣都不關你的事了，是不是連跟我的約定也都忘了。」

沒這回事！這點無論如何都得澄清才行。

「沒那回事。我也一直掛念著燈子學姊。」

「真的嗎？」

「是真的。『重新過耶誕節』的事我也沒忘記，非常期待喔！」

聞言，她放心似的露出微笑。

「太好了……」

這麼說著的她微微闔上眼皮，長長的睫毛輕輕地顫動著。

「其實我本來不想參加這次的滑雪外宿。畢竟真的有人對Ｘ－ＤＡＹ的事情說三道四，

也有人覺得能對我做些什麼就來搭訕。」

「的確是這樣呢。」

「可是一聽說明華要參加這次外宿……我就變得坐立難安……所以才決定參加的。」

我默默地凝視她的臉。

「這種心緒，連我自己也覺得好醜陋……總覺得一色是不是看透我的想法，才會離我遠去……」

「請妳別說這種話！我也想跟燈子學姊在一起。如果可以，要永遠在一起！」

燈子學姊微微點頭後，宛如吐息般地細語道：

「我也要……跟你……」

我就這樣維持著原本的姿勢。

不，或許該說是沒辦法動作。

然而這種狀況，果然代表燈子學姊對我也有好感吧？

倘若是此時此刻，燈子學姊不就會接受我了嗎？

我以姿勢仍顯得僵硬的手，輕輕地撫觸燈子學姊的背。

就這樣讓自己的嘴唇，靠近燈子學姊微微張開的唇瓣。我也自然而然地閉上眼睛。

再幾公釐就要接觸了……

「嘶～～嘶～～」

她睡著的安穩呼吸聲傳來。

我睜開雙眼。

燈子學姊似乎完全進入夢鄉了。

她的表情宛如不帶半點汙穢的少女，天真無邪又可愛。

我的慾望瞬間煙消雲散。

……趁她睡覺時奪去她的唇，實在是不可取啊……

沒錯，我跟燈子學姊進展到下一步的時機，一定得在兩人之間有著完全的信賴與合意之際才行。

如果不是那樣，對我們而言就不會是美好的回憶。

所以我不會在燈子學姊睡著的現況做出任何舉動。我什麼都不想做。

而且一美學姊也說過，她說「別做出讓她回去後會很困擾的事」。

然而真要說起來，接吻應該算在許可範圍內就是了。

苦笑著的我想從床上起身。

雖說我決定「不對燈子學姊做出任何舉動」，但身體貼得這麼近真的是對精神的拷問。

燈子學姊卻下意識壓住打算離開的我的身體。

「嗯嗯……」

她用力抓住我連帽外套背後的布料。我完全成了抱枕。

……就這樣硬是離開也滿那個的。學姊好不容易睡著了，吵醒她不太好。我就維持現狀再待一陣子吧……

我放鬆力氣，將體重壓上燈子學姊睡著的床鋪。

然後又一次凝視燈子學姊的睡臉。

……燈子學姊。原原本本地展現自己的妳，真的很可愛喔……

我在心裡再次如此呼喚。

全身上下都感受著燈子學姊甜美的吐息、暖和的體溫、柔軟的身軀。

有種連我心裡都暖和起來的感覺。感覺非常放心。

然後……不知不覺間，我也就這樣睡著了。

八　內心紛亂的滑雪外宿第二天

「一、一、一色……」

我的睡眠被女性顫抖的聲音中斷了。

……到底……是什麼狀況……

滿懷睡意的我硬是睜開了眼皮。還是只睜開了一半呢？

眼前的景色與平時不同，不是我的房間。這是在哪裡？

……對了，我是來參加滑雪外宿……

然而我的記憶依舊不太清晰，沒辦法完全理解現況。

應該說那種事情怎樣都沒差啦。

我實在非常想睡，身體正跟我說著「快睡」。

我們也沒規定起床的時間，繼續睡應該也沒問題吧。

「一色，拜託你，快醒來！」

某人說著這句話，並用力搖動我的身體。

……是怎樣啦？有夠煩的耶……

我再次微微睜開眼睛。

在朦朧的視野當中，看得見長髮女性的輪廓。

……女人？怎麼會……？

焦距慢慢地對了起來。

隨著視野對焦，在我旁邊正坐的女性面容也變得無比清晰。

「咦，燈子學姊？」

我不禁這樣問出聲。該不會是在作夢吧？

「一色為什麼會在這裡？」

燈子學姊依舊維持正坐，以責備般的眼光看著我。

「呃，問我為什麼？燈子學姊才是，怎麼會在這裡……？」

我邊揉著眼睛邊坐起上半身。

「哪有為什麼，這裡是我跟一美的房間喔。」

聽她這麼一說，我回過神來。

對耶，昨晚被一美學姊勸說的我，把喝醉的燈子學姊帶回房間來……

然後我們就在這裡直接睡著了。

「現在輪到一色了。你為什麼會睡在這裡，可以好好地跟我說明嗎？」

燈子學姊一臉緊繃地這麼詢問我。

不，與其說是詢問，不如說完全是訊問的口氣。

「那是因為……昨天晚上，燈子學姊喝得很醉……一美學姊便叫我把燈子學姊帶回這個房間。我想讓全身無力的燈子學姊睡到床上時被用力抓住，結果就一起到了床上……途中我曾想過要回去，燈子學姊卻一直抓著我的衣服……後來我就這樣直接睡著了……」

雖然講得斷斷續續，我依舊盡力地解釋完昨晚的來龍去脈。

「是這樣嗎？這麼說來，宴會上最後跟我聊天的人的確是一色呢。雖然我只有片段的印象而已……啊，我好像也有一點你帶我回這個房間的記憶……」

燈子學姊這麼說著，並將左手放到自己的額頭上。

看來她似乎接受了我說的話……然而這種狀況令我有些在意。

「學姊喝到記憶那麼模糊的程度了嗎？我以為妳喝酒時總會保持在能夠維持自我的狀態呢。」

「嗯，我也覺得自己昨天喝太多了。畢竟還有別人勸酒的部分。」

「大概喝了多少呢？」

「啤酒大概兩杯？接下來是罐裝的葡萄沙瓦與檸檬沙瓦。後來紅酒與日本酒也被人各勸了一杯吧？」

那樣混在一起喝的話，會醉到很不舒服也是理所當然的吧。

「話說回來……」

在扶額的左手之下，燈子學姊以銳利的目光瞪向我。

「嗯？」

「那個……我們……應該什麼都沒做吧？」

「嗯咦？」

相比第一聲的「嗯」，我叫出第二聲「嗯咦」的音調明顯高出不少。

「那個……我是說……奇怪的事情之類的……」

燈子學姊的表情相當可怕。

「沒有、沒有，什麼都沒做喔！我真的完全——連一根手指都沒碰喔！不對，因為我是扶學姊過來的，手指是有碰到學姊啦……可是我沒做什麼奇怪的事！我是說真的！請學姊相信我！」

我慌張地如此辯解。

實際上我真的什麼都沒做，被人那樣懷疑可受不了。

「衣服的確跟昨天一樣沒變，我也沒有被人怎樣的感覺。看來是真的什麼事都沒發生呢。」

「就是說啊。要是有怎樣，服裝就不可能一模一樣了。」

想跟她接吻的事還是隱瞞別說吧。

燈子學姊「呼〜〜」發出安心似的嘆息。

不過她隨即抬起頭來。

「但我跟你在同一個房間待到早上會非常不妙。我們目前仍是流言蜚語的中心，得避免比現在更引人注意。」

儘管聽她這麼說的我湧現「現在講這個為時已晚了吧」的想法，卻依舊默默點頭。

「所以你得趕快回自己的房間去！在大家起床之前！」

「現在幾點了呢？」

「過了凌晨四點。喝到深夜的人在這種時間應該也已經撐不下去而入睡，比較早回房的人照理說同樣還在睡才對。我想現在應該不會被人發覺。」

「我知道了。」我馬上站起身來。

燈子學姊跟著我走到門前。

「今晚的事沒人知道吧？」

「我想一美學姊知道喔。」

「這麼說來，一美怎麼沒回來啊？」

聽她這麼一說，我也覺得疑惑。一美學姊雖然表示：「還要在宴會廳喝一陣子。」但說法像是時間差不多了就會離開，回到房間來。

「我離開宴會廳時，一美學姊曾說要和美奈學姊她們一起『在宴會廳再喝一陣子』。所以應該是在其他房間睡吧？」

總之我如此回答。燈子學姊似乎認同了我的說法。

「原來是這樣啊。」

「那我先走了。燈子學姊獨自待在房間，要記得把門鎖好喔。」

儘管應該不至於，然而不能保證胡搞瞎玩的人不會來這裡。

我覺得這個同好會的人都滿正派的，可是說不定有誰喝醉後就會走錯路。多留意一些總是比較保險。

「我知道了。那麼晚點見。」

「嗯，晚點見。」

我這麼說著，走出燈子學姊的房間。

所幸走廊上沒有人影。

我迅速離開燈子學姊的房間，急忙往位於別層樓的自己房間移動。

（男女基本上還是分在不同樓層。）

我在自己分到的房間門上插入鑰匙卡，開鎖進入房內。

左側是石田的床，右側則是我的床……

我那張床上的被子掀了開來。

從被窩裡露臉的人……是明華。

「你直到剛才到底都跑去哪裡了啊，優哥！」

明華尖聲質問我。

「咦？我沒跑去哪裡啊。別講這個了。明華才是，怎麼會在我們房間？」

「因為我跟不認識的女子大學生同一間，獨自待在房裡也很無聊，就跟哥哥一起在這房間等優哥。」

在這裡等我？

我望向一旁石田的床。

然而他正大睡特睡。這傢伙從以前就是不會被小事吵醒的人。

「所以說，優哥之前到底都跑去哪裡了？」

明華大大的可愛眼睛，現在變成像是貓咪瞄準獵物的眼睛一樣。

老實說，讓人滿害怕的。

「沒特別去哪裡啊。宴會廳不是有宴會嗎？我只是直接睡在那裡而已……」

「你騙人！」

明華斬釘截鐵地這麼說。

她的目光變得更險惡了。貓眼似乎變成了豹眼。

「優哥真的很晚都沒回來，我就跑去宴會廳瞧了一下。你沒有在那裡。」

「那、那一定是因為那個啦，應該是我去廁所的時候吧？」

「你是要說我去了三次都剛好是你上廁所的時候嗎？」
她的面容凶狠得像是在說：「你已經找不了藉口嘍。」
遭到刑警訊問的嫌犯，是不是跟現在的我有一樣的心境？
不對，這種情況是那個吧。
新婚不久就外遇，早上才回家的丈夫受到妻子逼問的場景。
這個時候，我依舊想著這種沒意義的事情。
「你該不會……是跟燈子小姐待在一起？」
總覺得明華的眼瞳似乎發光了。
我不禁嚥下口水，什麼話也說不出口。
「果然是這樣……優哥整晚都跟燈子小姐……」
她看似相當不甘心地咬緊下唇，用力握住被子。
「等等，妳好像誤會了什麼……」
「優哥好骯髒！」
如此表示的明華瞬間轉身背對我，蓋上被子。
……那張床是我要睡的啊……
然而現在這種氣氛也無法跟她說：「我要睡了，明華回自己的房間吧。」
……沒辦法……

我鑽進石田的床。

石田像是覺得我很礙事般地動起身子，但我毫不理會，用屁股推開石田。

……唉～～幾小時前燈子學姊柔軟的身體還在我的身邊，結果現在是石田硬邦邦的身體跟我睡同一張床啊……

落差大到連我自己都覺得很好笑。

正當我這麼想時——

「優哥是大笨蛋……我再也不理你了……」

隔壁床傳來了這樣的小小聲音。

不，即使妳這麼說……我們又沒在交往。

然而我卻產生一種自己做了壞事的心情。

為了揮散這種心緒，我閉上了眼睛。

小睡了兩個多小時後，我跟石田、明華為了吃早餐而一起前往餐廳。

「喂，發生什麼事了嗎？」

或許是察覺到我跟明華之間的微妙氣氛，石田如此詢問。

「什麼事都沒有啦。」

聽到我這麼說，明華一瞬間以銳利的目光瞪向我。

她的全身上下似乎正散發著黑色的負面氣場。
「明華該不會是因為你昨晚沒回來而在生悶氣吧？」
石田說出神經大條的發言。
「喂，石田。」
被我指責的他滿不在乎地說著：「果然是這樣啊。」
「我說啊，明華，昨晚是有妳不懂的『大人的事情』啦。」
等等，石田。昨天晚上根本沒發生什麼「大人的事情」喔！
然而聽見那番話的明華毫無回應。
石田又說了一句「真是沒辦法」之後——
「那麼優今天不用跟明華待在一起了。既然事已至此，明華也沒辦法再做些什麼。我來處理這傢伙，你想做什麼就去做吧。」
結果明華的臉色變了：
「不行！今天優哥要跟我一起行動！定向運動我也已經報名要跟優哥一隊了！」
「「咦？」」
我跟石田幾乎同時叫出聲。
怎麼會這樣？什麼時候報名的？
明華又以嚴厲的目光注視著我：

「優哥，已經發生過的事情即使多說什麼也於事無補。相對地，今天你要陪我！沒關係吧？」

「呃，好。」

「晚上也一樣喔！我回房間時，優哥也要一起回去！」

「唔、嗯。」

我不禁順勢答應了她。

這天上午一起滑雪的除了我、石田與明華外，還有「昨天跟石田待在一起的兩名女子大學學生」。

儘管我很想邀燈子學姊一起滑，但她今天明顯在躲我。

一旦看見我的臉，她便會別開視線，逐漸遠去。

我觀察時機，試圖接近位於吊椅售票處的燈子學姊。

如果是在那裡，她應該沒辦法不理我吧。

「那個，燈子學姊——」

聽到我這樣搭話，燈子學姊低下頭，迅速地離開現場。

看來絕對不會有錯，她確實在迴避我。

……原因果然是出在昨天晚上的事情嗎……

然而關於這件事，我實在莫可奈何。畢竟我也沒做錯事。敏感地注意到我們這種氣氛的一美學姊過來向我搭話。

「你昨天跟燈子聊得不太順利嗎？」

「這個嘛。我跟燈子學姊後來都睡著了，沒說上什麼話。」

我簡單地說明了昨晚的狀況。

「什麼啊？我都特地營造只屬於你們的時間了，怎麼搞成這樣啦！」

如此表示的一美學姊露出傻眼的表情，雙手環胸。

「但燈子學姊昨天晚上喝得很醉，並不是可以好好說話的狀況啊。」

「即使如此，一色有沒有對燈子表達自己的心意呢？既然她都喝醉了，聽見你說『喜歡她』之後，她說不定會講出真心話呀。」

「不，我什麼都還沒……況且趁她喝醉之際告白，我總覺得不太對。」

聞言，一美學姊兩眼無神地「唉～～」嘆了口氣。

「一般而言，你說的這些是沒錯啦。但如此一來，男女關係永遠都不會有進展喔。」

「永遠都不會有進展……嗎？」

「對。即使時代改變，女生依舊會認為『告白和求婚都想聽男方主動提出』喔。」

「我了解。但視對象不同，想縮短兩人距離卻沒拿捏好的話，就會破壞累積至今的關係吧。我害怕的是這點。」

「關於這部分我覺得沒問題耶。燈子有把一色放在心上。」

「然而認真談起那種事時，我覺得她總會含糊帶過。」

「即使如此，也不能傻傻地維持現狀啊。男人的態度要是一直拖拖拉拉的，說不定會讓女生的心意離你遠去喔。」

這樣就糟了。我也想縮短自己與燈子學姊間的距離。

時機問題等各種狀況卻不斷冒出來阻撓我。

「但燈子學姊從早上起就一直在躲我。剛才也是……」

聽我這麼說，一美學姊將視線轉向燈子學姊。只見她正在跟其他女生聊天。

「好吧。我會不著痕跡地問出燈子的心意的。」

「麻煩一美學姊了。」

我鬆了口氣。一美學姊卻馬上拋來嚴厲的話語。

「你可別因為這樣就安心喔。到頭來還是要靠自己努力，我能做的只有為你們製造契機。要讓彼此的關係有所進展，就是一色的任務了。」

留下這麼一句話後，一美學姊便離開了。

和她分別的我回到石田他們那邊。

儘管明華問我：「剛才跟那個人聊了些什麼？」但我只回她：「沒什麼，是關於同好會的事喔。」

今天所有人都是滑單板。石田非常擅長滑單板。

兩名女大學生對他說：「石田好帥！也教我們一下吧！」使他洋洋得意。

哎，我能理解他的心情啦。

在他們旁邊的我跟明華則慢條斯理地滑著單板。

然而我暗自懷疑「明華滑單板的身手其實比現在這樣更好吧？」

總覺得她是刻意配合我才慢慢滑的。

由於我好幾次都跌得很誇張，再加上下午有同好會的定向運動活動，我們便在中午前結束滑單板的行程，換上雙板。

就這樣。到了接近十二點時——

提前吃完午餐的同好會所有成員，都在滑雪道正面的吊椅售票處旁集合。

站在我們正前方的中崎學長拿起擴音器：

「啊～那麼準備開始定向運動嘍。大家各自兩兩分組吧。」

我的身旁是明華，她已經事先報名要我跟她一組。

「接下來要發地圖給大家。地圖上標著十個旗幟點（中繼點），都有關主把關，每到達一個旗幟點就能在分數卡上累積得分。各個旗幟點都是最先到的人得三分、次到的人得兩分，第三個以後到的得一分。另外，到達旗幟點之際一定要同組兩人都在，只有一個人的話不算通過，這點必須注意。」

原來如此。這樣一來就得依照地圖，以最短路線經過比較近的區域，盡量搶快通過旗幟點以拿到高分。

「還有，在旗幟點會拿到裝在信封裡頭的『事件卡』，可以選擇不要領取。所謂的事件是問答題或小遊戲。一旦完成事件，將根據事件難度取得分數。」

嗯？也就是說比起通過許多旗幟點，完成事件卡上的事件有可能會拿到更多分數嗎？

「另外，除了十個旗幟點之外，還有三個隱藏的旗幟點。這三個點不問順序，到達一律能得三分，能找到代表你很幸運。隱藏旗幟點雖然沒人守著，但設有旗子，找到的人麻煩拍照留證，到達終點時會依照片加分。」

根據上述，統整起來的話大概就是：

・旗幟點有十個。一般來說分數只有一分，但最先到達的雙人組能取得三分，次到的雙人組能取得兩分。

・抵達旗幟點之際一定要兩人一起。

・在旗幟點能拿到「事件卡」。要不要收下卡片可自由決定，完成事件則會拿到追加分數。

・除了十個旗幟點之外，還有三處隱藏旗幟點。找到的話能取得三分。

這個遊戲設計得頗具巧思，並非單純以滑雪技術優劣決定勝負，滿讓人佩服的。

「還有，總分第一名的雙人組將會得到明天的吊椅票券＋今晚晚餐的信州牛菲力牛排！

第二名的雙人組會獲得信州牛沙朗牛排！第三名的雙人組則是信州牛漢堡排！」

全場都發出了「唔喔～～！」的歡聲。

說到「信州牛」，便是長野縣極具代表性的品牌和牛。在餐廳吃的話大概要接近一萬圓吧？

對於愛吃肉的年輕人來說，想必算是會激起動力的獎品。

「我們加油吧，優哥！」

明華似乎恢復了好心情，抓住我的手臂這麼說。

「嗯，我們加油吧。晚餐吃牛排！」

我開朗地如此回答。

「活動結束時間是下午四點，也就是距離現在四小時後。麻煩大家在那之前回到這裡。如果超過結束時間，無論有什麼理由都不算合格，累積的得分也都不算。」

就這句說明來判斷，幾乎不可能經過所有旗幟點。

致勝關鍵恐怕在於事件與隱藏旗幟點。

不能像無頭蒼蠅般亂跑，擬定戰略十分重要。

所有人都分配到地圖與分數卡。

看了地圖後，我更肯定剛才的想法是正確的。

環顧四周，只見對滑雪很有自信的人氣勢洶洶地揚言：「好～～我要在所有的旗幟點都得到高分！」

然而以遊戲規則來看，那麼做應該贏不了吧。

「我們可不會輸給拈花惹草、跟女生組隊的陽光男咧——！」

附近的男生雙人組如此大吼。這句話讓我有些想笑。

中崎學長再次拿起擴音器：

「那麼總算要開始嘍。你們這些男人就好好拚個粉身碎骨吧！3……2……1。」

「我可不想還是處男就粉身碎骨～」

不知道又是哪個笨蛋這麼叫著。大家都笑了出來。

「開始！」

伴隨中崎學長的聲音，有半數以上的人以如同奧運競賽的勢頭衝了出去。

其中也能看見石田的身影。他似乎跟上午待在一起的其中一名女子大學生組隊。

不過我沒有馬上出發，仔仔細細地看著地圖。

「優哥，怎麼了？不出發嗎？大家都走嘍。」

明華看似有些著急地催促著我。

「明華，這個遊戲並非單純地盡早通過旗幟點就能贏喔。」

我把地圖拿給她看。

「妳看，旗幟點的分布幾乎涵蓋整個滑雪場。靠近山頂的場所得連續換搭好幾次吊椅才有辦法過去，光是那樣就會損失許多時間。」

瞄著地圖的明華同樣認真無比。正因為她是隸屬田徑社的運動少女，才會在這種遊戲燃起競爭心吧。

「相較之下，看起來比較容易通過的旗幟點只有主要路線的四個地方，擅長滑雪的隊伍應該很快就會拿下那裡的一、二名。然而也僅止於此。即使再怎麼擅長滑雪，要是前往山頂或林間路線的旗幟點取分，便沒辦法在限制時間內回來。」

「為什麼要設計那麼難前往的旗幟點呢？」

「這就是這個遊戲的關鍵了。倘若是擅長滑雪的人一定會贏的遊戲，對其他成員來說會很無趣吧？這個同好會有很多人是第一次滑雪。正是為了讓那樣的人也有機會得勝，才會安排事件和隱藏旗幟點的分數加分喔。」

「原來如此。真不愧是優哥！頭腦真好！」

明華目光發亮地對我這麼說。

「呃，沒那麼容易輕取喔。除了我也有許多人察覺這件事。妳看看四周。」

聞言，她環顧周圍。

仍有接近全體四成的人留在起點。

其中想必有單純不擅滑雪而煩惱著「能去的地方是哪裡？」的人，但肯定也有跟我一樣打著「包含加分在內，較有效率的巡迴方式」主意的人。

而「絕對有察覺到這件事的人」映入我的眼簾。

是燈子學姊！

她應該很擅長滑雪才對。

明明如此，眼下她卻待在起點瀏覽地圖。

她一定也在思考「更有效率地巡迴旗幟點的戰略」。

況且她是跟一美學姊組隊，一美學姊無論是滑雙板或單板都很擅長。

「好！」

我把地圖折疊起來，收進口袋。

「總之我們先把距離最近的主要路線那四個旗幟點都繞一遍吧。這樣就能知道他們準備了怎樣的事件。」

「收到！」

明華朝氣蓬勃地如此回應。

我們抵達第一個旗幟點。

想當然耳，第一名和第二名已經出爐，我們在此只取得了一分。

我們從旗幟點的關主手中拿到了事件卡。

這個事件卡是可以選擇要不要拿的。

往事件卡一瞧，只見上頭是問答題。

關主發問：「長野縣的縣鳥是？」

「是雷鳥！」

明華立刻回答。這樣就多加兩分了。

關主在分數卡寫上得分並簽名。

我們前往第二個旗幟點。

同樣在這裡抽取事件卡後，上頭的內容是「兩人合唱二重唱歌曲」。

還特地為此準備了iPhone與揚聲器。

「我不曉得什麼二重唱的曲子耶？」

聽我這麼說，明華舉出了幾首曲子的歌名。

遺憾的是，無論哪首我都不曉得。

最後她提到「戀愛喜劇漫畫的動畫版片頭曲」曲名，我們便唱了那首歌。

儘管這個旗幟點算是在場地角落，然而會在滑雪道唱著二重唱的人十分罕見，導致我們相當引人矚目。

經過一旁的雙板與單板滑雪者以狐疑的目光望著我們。

實在有夠羞恥。說是遊戲的話應該是懲罰遊戲吧。

都已經忍受這麼大的恥辱，得到的分數卻只有三分。

這下總共七分了。應該算是還可以的步調吧。

我們在第三個旗幟點同樣拿取了事件卡。

但上頭的事件寫的是「在十五分鐘內前往下一個中繼點。成功的話將會加三分，沒達成則會扣兩分」。

雖然先前說明過可以拒絕事件，但這題似乎是「抽卡的那一刻就會強制發動」而無法拒絕。

「要是剛才沒拿取事件卡就好了呢。」

明華悔恨似的說。

「沒辦法，畢竟我們得先了解有哪些種類的事件。說起來這場遊戲要是不完成事件，就沒辦法取勝了。」

我們這麼說著，往下一個旗幟點前進。

看起來最近的是從這裡搭一次吊椅上去後馬上會碰到的地點，然而我們等吊椅花了點時間，沒辦法在十五分鐘內抵達，因此第三、第四個旗幟點的得分剛好正負抵銷，目前我們依舊維持七分。更不走運的是我們在此沒能答出問答題的答案。

「看來事件卡分成『問答題形式』、『小遊戲形式』、『強制事件』三種的樣子。」

聽我這麼說後，明華歪頭問道：

「這下算是了解事件卡的部分。但隱藏旗幟點要怎樣才能找到呢？」

聞言，第四個旗幟點的關主遞出了別的卡片。

他對我們說明：「通過三個以上旗幟點的人，從第四個旗幟點開始每通過兩個旗幟點，都會拿到一張提示。」

我打開拿到的那張卡片。

上頭寫著「米　16　GOMID」。

「這是什麼啊？」這麼問的人是明華。

「誠如剛才所言，這是隱藏旗幟點的提示喔。解開這個提示，應該就能知道其中一個點在哪了吧？」

如此表示的關主笑了起來。

這樣一來，我們就走遍主要路線附近的四個旗幟點了。

我想所有人應該都經過了這四處。

接下來就是看要前往哪個旗幟點完成多少事件，或是找出隱藏旗幟點了。

「不然先去西側看看？」

主要路線的東側和西側都各有三個旗幟點。

我看了一下地圖，發現東側滑雪道那邊的滑雪路線都離得很近。

理所當然地，路線較近之處說不定能較快跑完。然而西側滑雪道的路線相隔較遠，我想那邊應該比較容易設置隱藏旗幟。

況且昨天我跟明華滑過的林間路線也位於西側，我們對那裡有一定程度的了解。

我們邊乘坐吊椅，邊望著剛才拿到的隱藏旗幟點提示。

「這個『米　16　GOMID』是什麼呢？果然是要解謎嗎？」

明華這麼問著。然而我也滿心疑惑。

「或許吧。但若要解謎，照理說會有更多提示，或是寫上解開謎底的關鍵。只寫了『米　16　GOMID』的話，判斷要素太少了，似乎沒辦法解開謎底。」

「米這個字可以拆解成『八十八』吧？會不會跟這個有關？」

「有可能吧……」

我模稜兩可地回應著。然而明華大喊：「對了！」

「米是『八十八』的話就是『8＋8』，所以是『16』！這會不會就是答案？」

「所以地點是在哪裡？最後的『GOMID』又是什麼？」

「……」

我不加思索地發問後，明華便陷入沉默。

過了一陣子後，她看似不滿地噘起嘴巴。

「不要只靠我來思考，優哥也思考一下嘛……」

「抱歉抱歉。別看我這樣，我也是有在思考的，只是什麼也想不到喔。」

硬拗的話怎麼拗都可以。

然而我覺得那種硬拗出來的答案不會是解答。

「開始變冷了呢。」

明華這麼說著，縮起身子。

聽她這麼一說，我發現天空的確變得比較陰暗，風也開始吹起來了。

才想著這種事，細小的雪花便紛紛飄落。

「坐在吊椅上沒辦法避風，總覺得更冷呢。」

我邊這麼說邊看了時間，已經接近下午三點了。

在下個旗幟點完成事件後，先回起點一趟或許比較好。

明華將身體靠了過來。畢竟現在很冷，這也沒辦法。

我抬頭一看，望見了纜線前方的吊椅下車處。

我們抵達了第五個旗幟點。前面就是昨天滑過的林間路線入口。

「唔唔，好冷！一直待在這裡等人可是很辛苦的。」

旗幟點的關主說了這樣的話。

關主的崗位都是由已經退出同好會的畢業生接下的。

這個人是研究所二年級的學長。

「你們倒是快活呢。因為有在活動，身子應該很暖吧？我們只能靠暖暖包來取暖喔。」

他這麼說著，身體微微地抖動。

「剩不到一小時了呢。麻煩你再撐一下。」

當我們從吊椅上下來之際，雪已經開始下大了，甚至還吹起了風。

「謝啦。是說你們要完成事件嗎？」

「當然嘍。」

關主遞出了事件卡。收下之後，我攤開卡片。

上頭寫著的是……

Pocky接吻。

兩人銜著一根Pocky，不折斷的話能夠吃到哪裡？

根據剩下的長度能得到以下分數：

兩公分以下十分。

五公分以下五分。

八公分以下三分。

超過八公分或折斷為零分。

……真的假的……？

這規則讓我傻眼不已。

畢竟兩人銜起一根Pocky吃到剩兩公分，嘴唇一定會碰到嘴唇。

看了卡片的明華也紅著一張臉，整個人僵在原地。

「怎麼樣？要玩還是不玩？這個事件是可以拒絕的喔。」

關主以一副看好戲的態度這麼詢問。

「……」

……不，再怎樣都辦不到吧。可是由我開口說出沒辦法又有點……

就在我打算觀察明華的樣子之際——

「我們要玩！」

她朝氣蓬勃地這麼回答。

「咦？」

我發出驚訝的聲音。明華則轉向我這邊。

「畢竟十分可是前面都拿不到的高分喔！要是能在這裡拿到十分，跟之前的分數加起來就是十八分，一口氣變成兩倍以上！會瞬間衝向最高分喔！」

「這樣講是沒錯……可是妳沒關係嗎？這可是Pocky接吻喔？」

我的語尾不禁變得有些含糊小聲。

「我沒問題。畢竟是跟優哥一起……」

明華的語尾果然也變得有些含糊小聲。

看見我們這樣的關主邊賊笑邊拿出Pocky：

「真有膽量，連我也熱血起來了。既然一色都聽見那女孩這麼說了，應該沒理由拒絕吧？」

代替仍在猶豫的我，明華接下了Pocky。

就這樣銜在嘴上。

莫可奈何的我……也用嘴銜住Pocky的另外一端。

關主這麼說：

「準備好了嗎？Pocky要是折斷或掉下來就不合格嘍。你們兩個身體都固定不動比較好喔。來來來，別害羞，兩邊都互相抓住對方手臂……對對對，就是這種感覺。倘若有一方嘴巴放開就算結束嘍。」

我們就像真的男女朋友那樣，互相抓住對方的上臂。

「預備～～開始！」

隨著這聲呼喊，我跟明華吃起Pocky。

說是這麼說，但我這邊幾乎沒有動口，只是為了不讓Pocky掉下來而用嘴銜著。

其中一個原因，是如果兩個人同時在吃，就有可能因為振動而折斷Pocky。

除此之外還有另一個原因……我果然依舊很猶豫。

……要是就這樣一直吃下去……我跟明華一定會親到嘴吧……

她雖然偶爾會停滯一下，但仍順利地一直往前吃。

而且……看得見的部分已經不到五公分，應該進入可以拿到分數的八公分以內了吧。

儘管如此，她依舊繼續吃了過來，抓住我手臂的手也充滿力氣。

……明華真的要這樣跟我……？

她動起嘴巴的觸感都已經透過Pocky，直接傳到我的嘴唇這邊了！我甚至有辦法察覺她舌頭微妙的動態。

看得見的部分只剩兩公分上下了！

……這、這樣真的好嗎？我真的要這樣直接跟明華接吻嗎……？

……雖然只是遊戲，可是順著這樣的狀況接吻真的好嗎……？

……等等，對方可是死黨的妹妹。我要跟這女孩接吻、負起責任嗎？我真正喜歡的人是……

「我有件事想問一下耶？」

出乎意料的呼喚聲令我不禁鬆開嘴巴。

我轉向聲音傳來的方向，發現闕主身後的人是一美學姊。

「哦～～結束了！」

關主宣告遊戲結束。

明華嘴上仍銜著Pocky。

關主表示「Pocky給我看一下」之後，明華便擺出看似有些寂寞的態度，把Pocky拿給他。

「啊～是四公分，吃得滿多的呢。得分是五分。」

這麼說著的關主在我們的分數卡寫上得分並簽名。

然後他說了聲：「有什麼事？」轉向一美學姊。

一美學姊起初以狐疑的眼神看著我們兩個，不過目光馬上轉向關主。

「我們剛剛有通過這裡吧。後來你有沒有看到燈子？」

被這麼問道的關主顯得疑惑不已：

「不，我沒看見。怎麼這麼問？」

「我們說好要在從這裡下去的地方會合。但等了好久燈子都沒過去，於是我就再乘坐一次吊椅上來這邊……」

聽見這番話的我插了嘴。

「一美學姊跟燈子學姊走散了嗎？怎麼會這樣？」

我開始擔憂起來了。燈子學姊應該很擅長滑雪才對，為什麼會這樣？

一美學姊看向我：

「我們剛剛在這前面找尋隱藏旗幟點。由於隱藏旗幟點沒有關主在，我們決定先分頭尋找，便先各自行動了。然而就像我剛才說的，燈子沒有去會合地點。」

她罕見地露出不安的表情。

「可以告訴我隱藏旗幟點的提示嗎？」

「寫有提示的紙在燈子手上，不過我記得內容。上面寫著『米　16　GOMID』。」

「跟我們拿到的提示一樣。」

此時，關主手上的手機響了起來。

「啊～是我。咦，你說什麼？叫我回去？天候不好？知道了，那我會把時間提前，再十五分鐘就撤退。」

掛斷電話後，關主如此表示：

「因為天候愈來愈差，各個旗幟點的關主再十五分鐘就要閃人嘍。」

的確，雪勢與風勢都強了許多。

現在是下午三點十五分。接下來氣溫會再降低，天色也會愈來愈暗。

明明是這種狀況，燈子學妹卻沒有回來。到底是怎麼回事？

「我也去找燈子學妹。一美學妹可不可以跟明華一起從這裡下去，到妳跟燈子學妹約好會合的地方等我們？」

「咦？優哥！」明華露出訝異的表情。

我對那樣的她這麼說：

「燈子學姊應該很擅長滑雪才對。明明如此，她卻沒回去說好的地方會合，說不定是出了什麼事情。我不能坐視不管。」

「你沒問題嗎？」

一美學姊向我這麼確認。

「我也拿到了一樣的提示。順著這個提示走應該能找到她才對。」

關主看似過意不去地開了口：

「要是我知道在哪裡就好了。設置隱藏旗幟的是其他人，所以我們也不曉得位置。」

「不，沒關係。那我先走了。一美學姊，明華就麻煩妳照顧嘍。」

「我知道了。我也會在下去途中再找看看燈子的。」

舉起右手表達「了解」之意後，我滑了出去。

明華似乎相當難過地看著這樣的我。

「可惡，雪下得很大耶。」

我的嘴裡流瀉出這樣的不滿。

雪很容易貼上護目鏡、嘴巴一張開就有雪飄進去。

或許是因為天氣開始變差，滑雪道上的人影也變少了的樣子。

……再稍微前進一點，就是昨天滑過的林間路線了啊……

此時我想起無關緊要的事。

那是補習班的英文老師講過的話。

「美國第十六任總統亞伯拉罕・林肯的英文發音，其實比較接近日文發音的『Rinkan』或『Rinken』喔。所以現在的課本也常用『Rinkan』標註。」

恍然大悟的我停下腳步。

……Rinkan……林間……？

我拿出寫有提示的卡片。

「米　16　GOMID」。

這個「米　16」該不會是指「美國第十六任總統亞伯拉罕・林肯」，意思是「林間路線」？

而「GOMID」指的是「進入中段」，也就是「進入中級路線」的意思。

「居然取這種有夠爛的暗號！」

我之所以這麼說，是因為若是仰仗知識的題目，就該直接出成問答題；若要弄成解謎，就該好好準備能解開謎底的提示！

我在心裡罵著想出這暗號的人，同時前往林間路線。

——下雪的話反而很難滑——

跟昨天泡澡時石田講過的一樣。

由於坡度平緩，平時就很難滑了，覆上新雪後滑起來更加不順。

如同越野滑雪一般，我在林間路線交互運用滑雪與步行前進。

這裡一個人影也沒有。本來林間路線的視野就很差了，應該沒半個人會來。

或許是因為我比昨天滑得更上手，前進得還算滿順利的。

過了一陣子，我便來到與中級路線相繫、貫穿森林的岔路。

看來不久前進入這裡的人只有燈子學姊，地上留下了些許的雪板痕跡。

然而即使這個林間路線再怎麼難滑，擅長滑雪的燈子學姊也不可能無法抵達會合地點。

「燈子學姊～～！」

我使出全力吶喊。

不過或許是因為風雪很大，我沒聽見任何回應。

她會不會已經滑到下面，跟一美學姊會合了呢？

若是這樣倒還好……

我心神不寧地慌忙前進。

不過這裡的斜度比想像中陡很多。

甚至到了令人懷疑「真的是中級路線嗎？」的地步。

我跌倒了好幾次。

不過斜度很陡的地方只有最初的一小部分。

隨後的斜度突然平緩許多。看來從這裡開始才是中級路線。

我望見斜度有所變化的那帶白樺樹上綁著一塊綠色的布。

一靠近便看到上面標著「城都大學和睦融融同好會，隱藏旗幟點，No1」這樣的白字。

那裡有著持續延伸的雪板痕跡，也有誰在那裡停下來過的跡象。

恐怕就是燈子學姊了。

我繼續前進。

結果在飄雪的視野當中看見了似乎是淡粉紅色的存在。

「燈子學姊〜〜！」

我再次大聲呼喚。

粉紅色的存在停止動作。不會錯的，那一定是人類。

我上前一看，發現對方果然是燈子學姊。

「燈子學姊……太好了。」

靠近她的我上氣不接下氣地這麼說。

「一色怎麼會在這裡？」

燈子學姊看似十分意外地望向我。況且她的雪板不在腳下，而是用雙手抱著。

「因為我聽一美學姊說『雖然跟燈子學姊分開行動，但她沒有回到會合地點』……想說是不是出了什麼事，就來這裡找人了。」

聞言，燈子學姊微微低下頭，開了口：

「原來如此……你特地為了我……」

她露出看起來有點高興的表情，卻又好像想試圖隱藏那種神色。

「話說回來，學姊怎麼會卸下雪板走路？發生什麼事了嗎？」

「前面不是有斜度很陡的地方嗎？我在那裡跌了一大跤，結果其中一邊的固定器就壞掉了。再怎麼說我的技術都沒好到可以單腳滑雪，便想說只能用走的了。」

「那學姊有受傷嗎？」

我重新確認燈子學姊全身上下。

從她頭上的毛線帽到肩膀都積了滿多雪在上頭，不過看起來似乎沒受傷。

「沒有受傷喔。單純就是雪板壞了而已。」

「會不會冷呢？」

我這麼說著，輕柔地撥走燈子學姊帽子和肩上累積的雪。

「嗯，我沒事……謝謝你……」

她看起來略顯害羞，神情卻相當開心地這麼說。

「那個雪板由我來拿吧，這樣會比較容易行走。」

「咦？沒關係啦。更何況一色要是不先走，就沒辦法在遊戲規定的時間內回去嘍。」

「說什麼傻話啊？我怎麼可能留下燈子學姊一個人，自己先走呢？遊戲什麼的根本沒差。別講這些了。天候現在變得很惡劣，我們快點走吧。」

我這麼說著，搶奪般地拿過燈子學姊的雪板。

「謝謝你，一色。」

她小小聲地再次道謝。

利用這條中級路線抄捷徑，我們迅速通過林間路線。

接續岔路再往山下移動一大段距離後，直到回到原本的林間路線前，路途都很平緩。那種距離照理說不至於走不到終點。

然而時間已經過了下午四點，再加上天候很差，周圍都開始微微變暗。

我跟燈子學姊並肩走在那條路線上。

「燈子學姊還好嗎？會不會冷呢？」

我擔心著她。畢竟我自己也覺得滿冷的。

「我沒事。比起來你撐得住嗎？」

燈子學姊同樣擔心似的看向我。

「沒事的。我可是男人呢。」

看我這樣逞強，燈子學姊輕笑出聲。

「不過你剛才有點發抖喔。」

呃，被她看見了嗎？

「那是興奮到發抖啦！」

儘管覺得用詞好像不太對，我仍先這樣回嘴。

「可是啊，處於會受到寒冷、飢餓、口渴那類狀況侵襲、需要仰賴本能生存的環境下，其實女生好像比男生更能撐喔。」

「這是真的嗎？」

我感到有些意外。還是第一次聽說這種事。

「據說是因為女生脂肪較多，似乎更能抵抗飢餓、口渴、寒冷。」

「原來是這樣啊？我之前都不曉得。」

「所以啊，你不用硬撐也沒關係。倘若真的太冷，你就先走吧。畢竟雪板壞掉也是我自己造成的。」

「請學姊別說這種話！」我停下腳步，堅定地這麼說：

「要我獨自回去是不可能的！假如燈子學姊得在這裡度過一晚，那我也要一起在這野營。我們就挖個雪洞，一起等人來營救吧！我想一直跟燈子學姊在一起！」

「傻瓜，你在說什麼啊？在滑雪場怎麼可能會演變成那種狀況呢？說起來這裡離滑雪場入口根本就沒那麼遠啊，挖什麼雪洞的時間用來走路就走得到嘍。」

燈子學姊試圖遮住她的臉龐，也敲了一下我的手臂。

我突然覺得自己講的那些話真是羞人。看來我太得意忘形了。

「說、說得也是～～還不到要野營的地步嘛。走個一小時就會抵達出口了呀。我說了傻話呢。」

然而燈子學姊又用敲了我的那隻手抓住我的上臂，垂著頭說：

「但是……我很高興喔。一色……」

我能感覺到她的聲音似乎有些顫抖。

「之前的我或許都在意氣用事。應該是因為你跟明華實在走得太近，我才會一直鬧彆扭……可是昨天晚上又發生了那種事，結果我害羞得連自己都不清楚是怎麼了……總覺得心裡頭一團亂。」

燈子學姊緊緊抓著我的手臂。

「然而今天的遊戲一色又跟明華一組……都沒有來找我搭話……感覺好寂寞。或許是因為這樣，我玩遊戲時才有點逞強了吧。」

燈子學姊抬起頭，露出高興得像是要哭出來般的笑容。

「你剛才過來找我的時候，我真的非常高興喔……」

不知為何，我沒辦法直視此時燈子學姊的臉。

「雖然這是在找藉口，但今天的遊戲是明華先報名要跟我一組後，我才知道的……我事前根本沒聽說。而燈子學姊今天看起來像在迴避我，我想說會不會是昨天晚上的事惹學姊生氣了。」

燈子學姊微微搖頭。

「我完全沒生氣喔。不對，倒不如說我是對自己生氣了吧。」

沉默流淌在我們之間。

咻！寒風拂來。我不禁劇烈地抖動身子。

「你還好嗎？果然很冷吧？」

燈子學姊擔憂似的再次這麼問。

「不，我真的沒事。但我們應該快點趕路比較好喔。」

「的確呢。」

就在燈子學姊如此回答而往前踏出一步之際——

她「啊」地小聲叫出來，失去平衡。

我迅速伸手抓住她的手臂。

「謝、謝謝。」

從剛才到現在，她已經對我道謝過幾次了呢？

「不會。是說我們手牽手會不會比較好？」

「咦？」燈子學姊以出乎意料般的目光望向我。

「雖然仰仗本能生存的環境是女性比較能撐沒錯，不過這種狀況還是有男性扶持比較好吧？」

燈子學姊看著我的眼睛一陣子，隨即「嗯」了一聲並微微點頭，緊緊地握住我的手。

經過一小時左右後，我們終於回到一開始的集合地點。

同好會的成員已經回飯店去了。

等待著我們的是中崎學長、一美學姊、石田、明華四個人。

「你們回來得可真晚。我正想著如果你們超過晚上六點都沒回來，就要找雪地巡邏員騎雪上摩托車搜索了。」

我看了看時間，現在是下午五點四十五分。再晚個十五分鐘，事情就大條了。

「讓你們擔心了，真的非常抱歉。」

因為燈子學姊只是這麼說而低下頭去，我於是代她說明：

「真的很不好意思。不過燈子學姊雪板的固定器壞掉了，沒辦法滑雪。」

「固定器？」

中崎學長再次看向燈子學姊。

「那妳沒受傷嗎？」

「是的，我沒有受傷。只是沒辦法滑雪，導致回來的時間晚了許多。」

「原來如此。這樣就好。」

中崎學長也安心似的這麼說。

「一色幫我拿著壞掉的雪板。都是多虧他過來，真的幫了我很大的忙。」

如此表示的燈子學姊望向我。

總覺得滿害臊的。

別開視線的我，發現一美學姊正看似滿意地望著我。石田也笑著。

唯有明華……她露出可怕的目光，像是要刺穿般地看著我。

九 與燈子學姊泡露天浴池，以及明華的進攻

回到飯店後，我們只換了衣服就馬上前往宴會廳。

因為已經到了吃飯時間。

今天晚餐的菜色是嫩煎豬肉，以及一如預料、用固態燃料加熱的單人小火鍋，配上沙拉、醃漬野澤菜，以及白飯和香菇味噌湯。跟昨天的差別大概只有雞肉排換成了嫩煎豬肉吧？

順帶一提，白天的遊戲得分最高的是二年級的女生雙人組。

得分是十九分。據說她們兩個女生成功完成了Pocky接吻。

誠如明華所言，要是我們在那關得到十分，至少會衝進第二名，說不定還有機會得第一。

想起Pocky接吻那時明華的表情，我就獨自害羞了起來。

吃飯的座位和昨天一樣，我和石田、明華坐在一起。

明華從滑雪場到這裡都一直氣呼呼的。

……我放下有機會取勝的遊戲不管，跑去找燈子學姊，想必讓她很不滿吧……

我看著明華的那副模樣，同時這麼想。

然而在那種狀況下，我不可能選擇不去找燈子學姊。

即使當時不是在玩什麼遊戲，而是更重要的事情，我一定還是會去尋找燈子學姊吧。

明華在這之後依舊保持沉默。

到了這種地步，她看起來不太像是單純生氣，比較像是在思考什麼事情。

至於燈子學姊果然也跟昨晚一樣，坐在跟我不同列且有段距離的桌位，面對這裡坐著。

和她在一起的成員仍然是一美學姊，以及同好會中心人物的美奈學姊、麻奈實學姊這兩人，陣容一如昨晚。

不過有一點與昨天不同——燈子學姊時不時會看向我這邊。

而且一旦四目相交，她就會對我微微一笑。

光是這樣便讓我有種好幸福的心情。

……啊……

總覺得身旁有股殺氣。

我側眼一看，只見明華正在瞪我。

她接著瞪向燈子學姊……

我突然有種晚餐好像要哽在喉嚨裡頭的感覺。

用完餐後，我們休息了一下。接著是跟昨天一樣的宴會。

不過或許是因為我還沒洗澡，身體跟頭都有種黏答答的感覺，不太舒服。

感覺臉上也出了很多油。

「石田，要不要去泡個澡？」

當我對石田這麼搭話後——

「嗯～～我就算了。我還想跟大家多聊一下，而且得陪明華到八點啊。泡澡太麻煩了，我晚點沖個澡就好嘍。」

他覺得麻煩似的回答。

「這樣啊。那我就自己去嘍。」

我這麼說著，從位子上站起來。

明華沉默地看著這樣的我。

先回房準備泡澡的我跟昨天不同，往露天浴池的方向走去。

昨天還不曉得，原來這間飯店有露天浴池啊。

由於露天浴池跟大浴場的位置完全不同，所以我本來沒注意到。

……畢竟天氣據說已經好轉了，到露天浴池泡應該比較舒服……

露天浴池位於別館。而我在前往別館的通道上……

「啊。」

「咦？」

恰巧撞見燈子學姊。

「燈子學姊現在也要去泡澡嗎？」

聽我這麼問之後，她帶著微笑回我：

「嗯，畢竟從滑雪場回來就直接用餐了嘛。雖然洗了臉，但身體跟頭髮之類的依舊感覺不太舒服，我就決定先離開宴會來泡澡了。」

「我也是，想要趕快讓身體清爽一點。」

「我們心有靈犀耶！」

燈子學姊再度流露開心的微笑，看起來心情很好。

……與燈子學姊一起泡露天浴池啊……

我一瞬間想像起混浴的畫面。

周遭是白色的雪景，頭上有滿天繁星，我跟裸體的燈子學姊在這樣的景緻中獨處……

然而現實中並沒有這麼好康的事。

「那我們晚點見嘍。」

燈子學姊通過上頭標有「女生池」的門簾而離開了。

……這也是理所當然的啦……

懷著些許失望，我進入男生池那一邊。

從更衣間打開通往屋外的門後，一如想像的露天浴池便在眼前展開。

四周被岩石團團圍住，更上面之處還有高聳的壁面，阻隔來自外界的視線。

岩石上栽種著經過修剪養護得宜的樹木，樹上則覆有純白色的雪。

浴池本身也是以圓形的天然岩石圍住的岩石浴池，沖洗區外則是庭園。感覺從浴池伸出手就能碰到雪。

左側則有著以竹子裝飾表面的隔板。

隔板的另一側想必就是女生池了。

此外……

「太好了！都沒人泡！」

沒錯，現在這個時間來泡露天浴池的人只有我。

獨享沒有其他人的露天浴池！

我開心得不禁叫出聲。

沖洗身體後，我進入浴池，把手腳伸展到底。

「呼～～滿足滿足。」

聲音自然而然地從我口中流瀉而出。

這時，隔板的另一側傳來了「哼哼哼」這種像是抿著嘴的笑聲。

「燈子學姊？」

我不經意地這麼開口後，隔板的另一側便傳來了回應：

「那邊也只有你一個人呀？」

果然是燈子學姊的聲音。

「對，只有我而已。」

「這裡也一樣喔，現在只有我。」

「心情會很暢快呢！」

「是啊。不過晚上獨自泡露天浴池，感覺好像有些讓人害怕。所以我們能不能像這樣聊聊天？」

「收到！我很樂意！」

真是個令人開心的提案。光是能像這樣跟燈子學姊聊天就很令人雀躍，想到隔板另一側有全裸的燈子學姊更令人興奮。

「我說啊，一色……」

「怎麼了？」

「你該不會在這次的旅遊中……對我感到幻滅了吧？」

燈子學姊猶豫似的如此問我。

「幻滅？沒那種事喔。」

「是嗎？那就好。」

「學姊為什麼這麼問？」
我覺得疑惑，不曉得燈子學姊為什麼會擔心那種事。
隔了一小段時間後，燈子學姊這麼回應：
「我在想啊，這次旅遊當中，讓一色看見了我許多丟人的一面。」
「丟人的一面……嗎？」
我沒什麼頭緒耶？
「……看見一色跟明華相處得很融洽，我心裡有些不是滋味，結果擺出鬧彆扭的態度之類的……」
不如說是沒有清楚表態的我不好吧……
「而且還喝醉酒，讓你看見我不得體的一面……」
站在我的角度倒是滿開心的啦。
「明明如此，我卻暗自生氣，今天早上還刻意迴避你，其實是因為我覺得自己很羞恥。」
這點倒是讓我擔心「自己是不是被她討厭了」。
「後來玩遊戲太勉強自己，甚至給你添了麻煩。真的很對不起。」
「別這樣說，那不是什麼需要慎重道歉的事喔。」
「可是你救了我，現在也像這樣溫柔地對待我……」

「我才是呢。都是多虧燈子學姊……」

我下意識地仰望天空。

傍晚的風雪宛如沒發生過一般，滿天繁星在夜空中閃閃發亮。

……眼下燈子學姊是不是也在望著星星呢……

我突然覺得就是這樣。

隔了一陣子後，燈子學姊打破沉默。

「總覺得這種感覺，說不定跟現在的我們很像。」

「這是什麼意思呢？」

耳邊傳來「啪唰」這樣的濺水聲。

「雙方的心意想必都是赤裸的，而且彼此都清楚，兩人之間卻仍隔著一道牆……所以聊天之際只能把心意包裹在帷幕當中，沒辦法坦率地說出真心話。要是其中一方沉默下來，就聊不下去了。」

原來如此，是這個意思啊。

的確，這個露天浴池的環境，說不定滿像我跟燈子學姊的狀況。

「可是我們身處在同一個環境裡喔。並非跟其他人，而是只有你和我共享。」

「說得……也是。我也覺得就是這樣。」

認同燈子學姊這番話的同時，我也將「希望就是那樣」的心緒蘊藏於自己的話語當中。

結果又過了段沉默的時光。

此時，不知從哪裡傳來了些許音樂聲。

這是什麼曲子呢？總覺得好像在哪聽過……應該是舞蹈之類的音樂吧。

「是『Moon River』啊。」

看來燈子學姊也聽見了。

「這音樂還滿常聽見的，是什麼曲子呢？」

「是電影『第凡內早餐』的主題曲喔。我是小學跳土風舞時知道的就是了。」

「以土風舞的曲子來說還滿寧靜的呢。」

講到土風舞，我只有小學時期在運動會或校外教學時被帶著跳的記憶，但當時的曲子感覺更熱鬧些。

「土風舞原本指的是民俗舞蹈，所以種類五花八門喔。有像華爾滋般寧靜的曲子應該也不奇怪吧？」

「原來是這樣啊。」

燈子學姊真的是博學多聞。

我想起第一次遇見她的「高中的圖書室」。

「欸，要不要一起跳舞？」

「咦，現在嗎？」

燈子學姊突如其來的提案讓我嚇了一跳。

「是啊。」

「可是我們不是正在泡澡嗎？要怎麼跳？」

「你過來這裡就好啦。現在這裡又沒有其他人。」

「咦咦咦咦咦！」

我不禁發出這樣的聲音。

這代表我要跟燈子學姊一起泡露天浴池？彼此都全裸耶？這種情況……

我想起昨晚燈子學姊那柔嫩身體的觸感。

紅起一張臉的同時，也感受到心臟怦怦跳。

不對，比起這些，要是進入女生池之後有誰過來，事情可就不得了了。

結果我再度聽見燈子學姊彷彿抿著嘴的笑聲。

「沒事沒事沒事，我開玩笑的。」

知道自己遭到戲弄後，我更害羞了。

「請別戲弄我啦。真是的。」

「抱歉。可是你的反應實在太可愛了……」

「原來燈子學姊也會開這種玩笑啊。」

說出這句話時的我懷著些許不滿。

「不過我是真心想要跟你一起跳舞喔。我們互相想像對方來跳舞吧。像是空氣土風舞的感覺？」

「在這裡跳土風舞不會有點窘嗎？」

「這樣啊。那要做什麼呢？一色有沒有什麼好主意？」

此時，我想起麻奈實學姊在來這裡的巴士上所做的「心理測驗」。

憑藉這招，說不定可以自然而然地得知燈子學姊的想法。

「要不要做個心理測驗呢？」

「心理測驗？是怎樣的呢？」

「我接下來會問幾個問題，燈子學姊只要回答腦海裡浮現的事物就好。很簡單吧？」

「的確呢，好像滿有趣的！像這樣在泡澡聊天時玩說不定正好適合。不過你居然敢用心理測驗挑戰我，真是囂張耶～～」

女生或許真的很喜歡占卜或心理測驗那類的吧。

而我也能藉此得知燈子學姊的喜好。我露出滿足的笑容。

「首先要先提醒一下。對於問題不要思考太深，要回答腦海裡最先想到的事物。」

「ＯＫ～！」

「那麼首先是第一題。妳決定去山上健行。遠處的高山和附近就能爬的矮山，要挑哪個去呢？」

「嗯～～要看能利用的時間長短耶。」

「請別想得太複雜。回答腦海裡直覺想到的內容就好。」

「那就……遠處的高山？畢竟應該可以看見與平常不同的景色。」

原來如此，遠處的高山啊……跟我一樣。

「再來是第二題。要去健行了，妳會先縝密地規劃一番，還是憑感覺看心情享受？」

「我應該會好好做規劃吧。只憑感覺去玩還挺危險的。」

嗯，既然前面回答「遠處的高山」，這題這麼回也是理所當然的吧。

「第三題。在山上最先遇到的動物是什麼？第二個遇到的動物又是什麼？」

「最先遇到的動物……應該是松鼠吧？第二個則是鼬鼠之類的？」

「松鼠跟鼬鼠……嗎？」

我不禁這麼回問。總覺得這些動物讓人滿難判斷的。

「沒錯。松鼠外表可愛，卻很膽小對吧？會一溜煙地躲藏起來。而鼬鼠雖然外表也可愛，但隱藏著凶猛的野性，頭腦也很聰明。我滿喜歡的。」

原來如此。聽她這麼解釋，倒也不是不能理解。

「接下來是第四題。山路途中有個懸崖，那懸崖有多高？」

「懸崖？我想想，大概兩層樓高吧？乍看之下很容易爬上去，卻有沙土崩塌，不太好爬的感覺。」

嗯～～這個也有點難以判斷……

「第五題。山裡有可以居住的山中小屋，位置是在山麓、山腰一帶、靠近山頂這三項當中的哪一處呢？」

「三個地方都有。」

「咦咦？」

我吃了一驚。這答案出乎意料。

「不能回答三個都有啦。請選出其中一項。」

「咦～可是山中小屋是居住設施耶。山麓當然會有好幾間，山腰附近一定也會有可以中途休息的山中小屋啊。而且山頂附近還會有稱作避難小屋、遇上緊急狀況時可以居住的山中小屋喔。」

「不不，請別以那種邏輯去思考，要憑直覺回答。」

「我直覺想到的就是剛才的答案耶……那就山腰一帶？這樣吧。稍微靠山麓一點的。」

嗯，這樣的話應該可以吧。

「第六題。妳進入山中小屋。裡頭有用火點燃的蠟燭，總共有幾根呢？」

「五根吧。立在桌子中央聚成一束的感覺。」

「最後一題。山中小屋的牆上掛著一張畫，是幅怎樣的畫作呢？」

「高塔的畫。高塔最上層有個女生被關了起來，從窗戶向外眺望的畫作。」

只有最後很好懂。畢竟燈子學姊的答案難以判斷的內容滿多的。

「那麼，從剛才那些問答能知道什麼呢？」

她的聲音聽起來似乎有點期待。

「我現在開始解說。首先，一開始『要挑附近的山還是遠處的山』代表的是燈子學姊期望怎樣的結婚對象。」

「我期望的結婚對象？」

「這代表燈子學姊即使要付出些許辛勞，依舊想追求理想的對象。或許是代表學姊不會妥協於伸手能及之處？」

「原來如此。那下一題呢？」

「第二題『關於規劃』，指的應該是與另一半約會時的情況——約會時會想憑感覺享受，還是事先做好規劃再享受。」

「嗯～～是這樣呀。」

總覺得她似乎不太能接受。

「第三題『在山上遇到的第一個動物』代表的應該是自己的形象。」

「意思是說，我覺得自己『像松鼠』？」

「沒錯。我是覺得學姊的形象比起松鼠更像鹿就是了。」

「啊～不過『膽小』這點或許像松鼠呢。而且把『想要變可愛』這樣的願望算進去的話，說是松鼠可能也沒錯。」

燈子學姊自顧自地解釋，不知道是不是接受了這套說法。

「第三題有兩個問題吧？第二個動物代表的是什麼呢？」

「第二個動物是『另一半或喜歡的人』的形象。」

「咦，是這樣嗎？」

「是的。所以這代表燈子學姊覺得另一半或喜歡的人『像鼬鼠』呢。」

燈子學姊沒有回應。

然而說到像鼬鼠的男生，是怎樣的人呢？

剛才燈子學姊是說「可愛卻有著野性，而且頭腦很好」。不過我對鼬鼠沒什麼好印象耶。

「第四題的『懸崖高度』呢？」

燈子學姊如此問我。

「『懸崖高度』代表『自己覺得促成戀情會有多大的障礙』。覺得懸崖很高，就代表自己覺得戀情很難開花結果。」

「我心裡想的是雖然不會很高，卻會因為沙土而不太容易爬上去的高度呢。」

「這或許代表學姊還是覺得促成戀情的過程並不容易？」

「……這個嘛……或許說中了……」

燈子學姊想像的戀愛對象不知道是誰呢？真令人在意……

「那下一題呢？」

「第五題『山中小屋』的位置，代表的是自己與理想對象的年齡差距，或是社會地位上的差距。」

「咦，那我一開始想到的『三個地方都有』代表的是什麼？」

「就是年齡較高、年齡相仿、年齡較小，或者地位較高、地位同等、地位較低全部都行呢。」

「那不就好像我對所有男生都有意思！不對不對！絕對不是這樣！」

伴隨這樣的叫聲，有什麼東西從隔板另一側飛來。

啪噠、啪噠！那東西在短時間內接連掉入浴池。

是雪球。她是不是在伸手能及的範圍內抓雪丟過來啊？

「唔哇等等，燈子學姊，妳怎麼會丟這個來啦？哇，都要砸到我了！」

「還不都是因為一色講了奇怪的話！我可不是那樣的人喔！」

這麼說著的同時，她又丟了幾發雪球過來。

「知道了，我知道了啦。請學姊別再丟了。這單純只是遊戲而已。」

「我不喜歡被一色想成那樣！」

「沒問題、沒問題喔。我並沒有那麼想。」

這時，雪球的炮擊停止了。

「你真的沒那麼想嗎？」

「對，我沒那麼想。況且燈子學姊也有改成『比山腰再下面一點』吧？拿它來看就行嘍。」

「……我總覺得現在的一色有點壞心眼喔……」

聽見燈子學姊這番話，我差點噴笑出來。

居然會因為這種小事生氣，燈子學姊的確有可愛的地方呢。

「那第六題……」

「不會再出現奇怪的解釋了吧？」

燈子學姊似乎有些鬧起彆扭了。

「不會的。山中小屋裡頭的蠟燭數量代表『妳所認為的摯友數量，或是遇上困難時應該會來幫妳的人數』。」

「所以就我的答案來看，等於遇上困難時應該會來幫我的人有五個？」

「是這樣沒錯呢。」

「感覺還滿準的……但想到有前一題那種解釋就讓人不開心。」

「那麼關於最後一題。『山中小屋裡頭裝飾的畫作』代表的應該是『自己目前感受到的不安』。」

「自己目前感受到的不安？」
「是的。所以這應該代表燈子學姊感受到的，是好像被關在高塔裡頭一樣的不安呢。而且似乎也在等待某個人？」
「被關在高塔裡頭……等待某個人……」
燈子學姊短暫地陷入沉默。
「怎麼了嗎，燈子學姊？」
「你……一色對於這個心理測驗，是怎麼回答的？」
「咦，問我嗎？」
「是啊。只聽我回答也太狡猾了，你也得說說你的答案。」
「說得也是呢。我第一題回答『遠處的山』、第二題是『先做規劃』、第三題在山上遇到的第一個動物是狗，第二個是鹿、第四題的懸崖是『勉強一下可能有機會登上去，滿高的懸崖』、第五題山中小屋的位置是『比山腰高一點點的地方』、第六題的蠟燭數量是三根、最後一題『牆上的畫』是『美少女被男人擄走的畫』。」
「嗯～」燈子學姊像是在思考什麼般地這麼說：
「你說過第三題『在山上遇到的第二個動物』是『另一半或喜歡的人』的形象吧？」
「嗯，是這樣沒錯。」
「剛才我說自己是『松鼠』時，一色表示『覺得比起松鼠更像鹿』吧？」

……啊……

我不禁啞口無言。

「你那麼說……是什麼意思？」

對於燈子學姊的這個問題，我沒辦法立刻回答。

不，我想立刻回答，可以的話想說清楚。

然而我害怕一旦那麼說，便會破壞我跟燈子學姊這種相處起來安心舒適的關係。

「我的意思是……」

就在沉默了一陣子的我終於要開口之際——

「原來這種地方有露天浴池啊。」

女生池那邊微微傳來了其他人的說話聲。

「好像有其他人來了。心理測驗就到此為止吧。」

燈子學姊以帶點寂寥的語氣這麼說。

「也是呢。」

雖然遺憾，但也沒辦法。就在我低下頭去時——

啪唰！

雪球直擊我的頭部。

「最後再說一句。你不要總是跟明華要好！要多來纏著我一點！」

燈子學姊說完這句話，女生池那邊便傳來了吵鬧的女性談話聲。

只屬於我們兩人的露天浴池時間結束了。

離開露天浴池後，我回到自己的房間。

石田尚未回到房間。

儘管曾想說要不要再回去宴會廳參加宴會，但我果然還是沒那個心情。

在床上躺平後，我回想起方才「跟燈子學姊在露天浴池的短暫時光」，沉浸在幸福的情緒中。

而燈子學姊問我的那句……

她當時在想些什麼呢？要是我能好好回答又會怎樣呢？

…………

叩叩。

敲門聲讓我醒了過來。

看來我在不知不覺間睡著了。

看了一下時鐘，時間並沒有經過很久。

……會是誰呢？該不會是燈子學姊……？

站起因為睡意而有些不穩的身子後，我走向門口。

開門一看，站在外頭的人是明華。

「明華？怎麼了？」

「我有件事想跟優哥談談……可以讓我進去嗎？」

她身上散發著讓人難以拒絕的氛圍。

「呃，好。」

面對暫時在門邊站了一陣子的明華，我急忙回到房裡，把剛脫下來不久的滑雪服擱到一邊，挪出可以坐下來的位置。

明華比我晚一步進入房間。

我坐到自己床上，明華則是坐到我對面的石田床上。

「要談什麼呢？」

然而她只是低著頭沉默不語，也沒有打算開口的跡象。

「要談哪方面的事？今天遊戲的事情嗎？」

我試著對她丟出話題。

儘管如此，她依舊一句話也不說。

「既然要花一段時間，要不要泡杯咖啡呢？」

這間飯店的各個房間都備有電熱壺，以及茶包跟即溶式咖啡。

明華點了點頭。

我站起身，將洗手台的水裝進電熱壺。

洗手台在入口附近。

我不經意地一看，發現房門扣上了防盜鎖。

這樣一來，石田回來時就沒辦法馬上進入房間了。

……什麼時候變成這樣的？是關門之際防盜鎖剛好扣上了嗎……？

我打開防盜鎖，拿起裝好水的電熱壺回到房間。

水馬上就燒開了。

「明華要加糖跟奶精嗎？」

聽到我這麼問，她短促地回答：「都可以。」

總之兩杯都黑咖啡吧。

畢竟我是要驅除睡意，明華想加的話自己再加就行了。

我將倒好咖啡的其中一杯馬克杯遞給明華，隨即再次坐到床上。

我靜靜地喝著咖啡。而她只是默默地一直凝視馬克杯。

明華從傍晚離開滑雪場回飯店那時開始，樣子便一直怪怪的。

由於白天她一如往常，我中途放棄遊戲想必就是她心情不好的原因了吧。

關於這點，我沒有辯解的餘地，只能對她道歉了。

「那個……」

就在我的馬克杯幾乎要喝乾之際——

明華終於開了口：

「優哥……是怎麼看待我的呢？」

「怎麼看待是指？」

「我想知道優哥真正的心意，想知道你是怎麼看待我的。」

明華抬起頭，以認真無比的目光望著我。

我不禁從她身上移開視線。

「我覺得明華很可愛喔。會想著如果自己也有妳這樣的妹妹就好了……」

「我喜歡優哥！」

像是要打斷我說的話般，明華如此表示。

那番話十分堅定，讓我訝異得抬起頭。

她以堅強而像是下定決心般的目光望著我。

看見她那種目光，我感受到自己不能隨隨便便回應。

「妳有這個心意讓我很高興。但妳是石田的妹妹，國中一年級時就跟我認識了。事到如今，我沒辦法用那種眼光看妳喔。」

「我已經是高中生了！希望你別用那種看待『死黨的妹妹』的目光，好好看著我這個人！」

「就說我現在沒那種感覺……」

「現在沒有？現在代表的是什麼意思？代表以後優哥會喜歡上我嗎？我該等多久才好呢？」

強硬的語氣令我啞口無言。

明華看似痛苦地按著自己的胸口。

「我很清楚優哥並沒有把我當成女人看待，所以才一直想著要放棄，認為維持『死黨的妹妹』這樣的身分，還有辦法跟優哥見面就該心滿意足了。可是……」

她像是要訴苦般地看著我。

「聽說優哥上大學後交了女朋友，我受到好大的打擊。我後悔了好幾次，後悔自己『為什麼不在優哥交到女朋友前表達自己的心意』。覺得什麼都不做就認輸、擅自退縮的自己有夠蠢！」

明華直率地吐露心中的想法。現在只能先聽她說了。

「可是我聽說那個女生跟其他人劈腿，也與優哥分手了。我認為這是神明給我的機會。而且我決定了，這次不要再讓自己後悔，要對優哥全力表達自己的心意！」

「明華……」

我靜靜地對她說：

「妳相當可愛，也很有魅力喔。這次外宿不是也有眾多男生找妳搭話嗎？我想今後也會有許多男生喜歡明華喔。所以不用這麼著急也沒關係。」

「你果然喜歡燈子小姐嗎？不是燈子小姐就不行嗎？你是說我贏不過燈子小姐的魅力嗎？」

「不，我講的不是輸贏之類的事情。」

「我成為大學生之後也會變得很美。我會去化妝、變得更有女人味，連胸部也會大得不輸燈子小姐！」

雖然很不恰當，但我在這個時候不禁想著「不，燈子學姊高二的時候胸部就已經很大了」。

「所以……所以……請你多看看我這個人……請你喜歡我……」

明華大大的眼睛落下淚來。

她用拳頭擦拭那些眼淚，可是擦了之後又有淚水落下。

「那我也認真地問妳……」

我端正坐姿，在床上坐好。

「明華的那份心意是真的嗎？」

明華露出「咦」這種驚訝的表情，從擦拭眼淚的拳頭上望向我。

「妳一年也就跟我見面幾次而已吧，應該沒那麼了解我才對。明明如此，為什麼妳能那麼有把握地說自己喜歡我？」

「那是因為……優哥一直都很溫柔，會好好地聽我說話，各方面都很俐落……我覺得那樣的優哥很帥。」

「這樣就能喜歡一個人了嗎？」

「可是喜歡一個人跟見過幾次面，或是認識多久並沒有關聯吧？」

「說不定是那樣沒錯。但我覺得真的喜歡一個人時，依舊得深入交流才行。」

我在此時停頓了一下，稍作深呼吸再繼續說下去：

「我是親身經歷過才會這麼想的。我同樣從高中時期開始就一直喜歡著燈子學姊。儘管如此，現在回想起來也不過是『要是能交往就好了』的程度。我覺得那不能說是真正喜歡一個人，只是一種『憧憬』。」

眼下明華已經不再哭泣，只是靜靜地聽著我說的話。

「然而現在不同。我跟燈子學姊共享了『另一半劈腿』這種痛苦的經驗，互相扶持後跨越了那樣的痛苦。現在我心中對燈子學姊的心意，已經跟以前那種單純的憧憬完全不一樣了。」

「言下之意是，我的心意只是『單純的憧憬』嗎？」

「我是這麼覺得的。而一美學姊也曾說過呢。一美學姊好像也是市川女子學院的畢業生。她說就讀女校的女孩在妳這種年紀，很容易把自己的理想投射在身邊的人身上。所以妳看見的並非真正的我，只是將自己的理想投射而來的我……」

明華突然朝我飛撲而來。

對，就是字面上的飛撲而來。

正因為她有在田徑社鍛鍊，速度與衝勁都很猛。

她雙手向前伸，抓住我的肩膀後直接把我壓倒。

由於一切來得實在太突然，無計可施的我仰身倒在床上。

明華就這樣騎在我的身上。

「意思是我的心意只是虛幻的嗎？只是單純的憧憬、只是將自己的理想投射在優哥身上……」

明華的臉龐看似相當不甘心地扭曲，一副好像又要哭出來的表情。

「我是認真的。我也做好了心理準備。」

「什麼心理準備？」

「優哥昨天晚上住在燈子小姐的房間裡吧？兩人獨處共度一晚……既然如此……我也要……」

明華這麼說著，拉下身上那件抓毛絨外套的拉鏈。

然後把手放上外套底下露出的花朵圖案睡衣上的扣子。

她的手指開始解開扣子。

「等、等等，妳要做什麼……」

「剛剛說過我是認真的吧。我會全力表達自己的心意。如果是優哥，我願意……不對，我要讓優哥……」

她一邊這麼說著，那隻手也把睡衣前面的扣子全數解開。

敞開的睡衣下，明華白皙的肌膚和淡粉紅色的可愛胸罩若隱若現。

「呃，明華，妳等一下。先冷靜下來……」

未加理會著急起來的我，她流暢地脫掉抓毛絨外套。

睡衣也同樣流暢地從手臂上褪去。

展現「上半身只有胸罩」姿態的明華，把我壓在床上。

就在她的手即將碰上胸罩之際……

「喂～～優，你不參加宴會了嗎？」

嗓門大得不看場合的聲音從走廊傳來。

不過……這算是天助我也。

「明、明華！是石田，石田來嘍。妳得趕快穿上衣服才行。」

她卻睜著貓咪般的眼睛，搖了搖頭：

「沒關係，我有扣好門上的防盜鎖，哥哥是進不來房間的。我不想被任何人阻撓。」

……那個防盜鎖是明華扣上的嗎……？

雖然我一瞬間湧現這種想法，但眼下的問題並不在此。

「那個防盗鎖被我！」

喀唰！鑰匙卡插進門，開門的聲音傳了過來。

「喂～優，你在睡嗎？」

石田發出悠哉的嗓聲，悠然進入房間。

下一瞬間，倒在床上的我、騎在我身上的明華，以及剛進來房間的石田，三人的視線交會。

「你、你們兩個在搞什麼……」

「不、不是的，石田，不是那回事！」

「呀啊啊啊啊啊啊！」

從我身上跳下來後，明華便抓住剛脫掉的睡衣上衣，遮住自己的胸部蹲下去。

她整張臉紅得就跟顆蘋果一樣。

連神經大條的石田都完全呆住了。

「我的死黨跟妹妹，剛才該不會正在ＳＥＸ（睡）？」

「別、別說傻話！」

我一邊感受到自己的臉發燙不已，同時拚命地辯解：

「我衣服不是穿得好好的嗎！明華下半身也穿得整整齊齊，沒有脫到剩內褲吧！」

聞言，石田露出看似恍然大悟的表情。

「說得也是。剛才那種狀況不管怎麼看，都不像生米煮成熟飯的感覺啊。比較像是明華硬把優撲倒……」

石田的視線移向明華。

「妳是打算從燈子學姊身邊把優睡走嗎？就因為覺得保持現狀對妳不利？」

石田，你是對女高中生，而且還是自己的妹妹講了「睡走男人」這種話嗎？

明華頂著依舊紅通通的臉，嚴厲地瞪向石田。

「哥哥是笨蛋！神經有夠大條！快、快點出去啦！別再回到這個房間來了！今晚我要跟優哥待在一起！」

「不不不，再怎麼說，這種狀況我都不可能出去吧？要是放著妳不管，我可是會被老爸跟老媽給宰了。真要說起來，這裡可是我跟優的房間，我沒其他地方可睡。」

雖然我總覺得問題不在那裡，不過多虧他心平氣和地說了這些話，我大致上總算恢復冷靜。

從床上起來後，我移動到石田身旁。

接著對仍紅著一張臉蹲在地上的明華這麼說：

「明華，我們會出去外面一陣子，這段時間妳就穿好衣服回自己房間去吧。不用在意今天的事情，因為我覺得妳其實不是會做出這種事情的女孩子。另外，我先把話說清楚，我一直把自己當成妳的另一個哥哥。」

明華什麼都沒說。

留下那樣的她，我跟石田一起離開房間。

走下一樓大廳的我跟石田在自動販賣機買了罐裝咖啡。

「抱歉啊，優，明華給你添了麻煩。」

石田看似有些難以啟齒地開口道歉。

「不，畢竟我做了些令人誤會的事，都是我不好。不過我沒想到她居然認真到那種地步……」

「我倒是知道她有多真心喜歡你。但因為對象是你，我就覺得可以放心。」

「無論如何，你回來實在是幫了我一個大忙。然而說實話，明天開始我很難面對明華了。」

「別這麼說，你三不五時還是陪她一下吧。她也是全心全意認真看待這段感情的。」

石田一下子將剩下的罐裝咖啡一飲而盡。

「而且我之前也說過，就算你成為我的弟弟也沒關係喔。」

「拜託你，現在真的別跟我講那些……」

我以疲憊不堪的目光望向石田。

十 滑雪外宿，最後一天

第三天早上。

今天是最後能滑雪的日子。

最後一天沒什麼同好會全體的活動，感覺可以各自自由地滑到傍晚。

今天早上，我也是跟石田及明華，三人一起前往餐廳。

然而不同於昨天，我們會合前是石田先去叫明華的。

只是他去叫時花了不少時間。恐怕是因為昨晚的事，讓石田對明華多做警告了吧。

或許因為如此，明華今天早上沒什麼精神。

其實我也很難面對她。

再怎麼說，昨晚才剛發生過那種事。

我不知道該以怎樣的表情面對她才好。

她的心情想必也跟我一樣。

儘管如此，明華依舊跟我們坐在同一桌。

我仍得用一如往常的態度和她相處才行……

此時，我看見燈子學姊和一美學姊進來餐廳。
本來還以為她們會直接坐到跟昨天一樣的桌位……沒想到燈子學姊卻筆直地走向我。
「早安，一色。」
「早安，燈子學姊。」
燈子學姊開朗的寒暄讓我心情放鬆了些。我也回以相同的寒暄。
「欸，今天要不要跟我一起滑雪呢？」
聽到燈子學姊這番話，最先產生反應的是明華。
她就像個有彈簧機關的人偶般仰頭凝視燈子學姊。
燈子學姊似乎也察覺到她的反應，面帶微笑地對她說：
「明華直到昨天幾乎都是獨自占據著一色吧？今天一天讓給我應該沒關係？」
「可是我也……」
「明華！」
如此出聲阻止明華的人是石田。
他默默地瞪著明華。
「……我知道了。」
明華看似心不甘情不願地如此回應。
燈子學姊再次轉向我：

「那我們八點半在大廳會合吧。」

這麼說著的她稍微揮了揮手，回到昨天的那個位子。

燈子學姊離開後，我側眼觀察明華的模樣。

只見她雙手握拳擱在膝蓋上，露出彷彿在忍耐著什麼的神情。

……是不是做了讓她處境堪憐的事情呢……

我湧現這樣的心情。

然而如果打算跟誰一起滑雪，應該也只能把握吃早餐的這個時段搭訕吧。

我想燈子學姊也是這麼想的，並非帶有什麼惡意。

該對明華感到愧疚的人反而是我才對。

我覺得應該向她說些什麼……卻想不到適合這種場合的話。

或許是察覺到我這樣的心情，石田表示：

「別想多餘的事。你前天跟昨天都一直陪著明華，今天跟其他人一起滑也沒什麼吧？不然來參加外宿不就沒意義了？」

「嗯。」

我也只能以這麼一聲回應。

八點半，穿上滑雪裝的我下樓前往大廳。

燈子學姊也幾乎是同時下來大廳的。

「今天要滑什麼呢？」

指的是要滑雙板還是單板之意。

「都可以喔。選一色喜歡的。」

「到昨天都是滑雙板比較多，總覺得今天滑單板應該也不錯。」

「那就滑單板吧。」

「然而我很不會滑單板，只能滑新手用的平緩斜面吧。」

「我也沒那麼擅長，這樣應該剛好？」

如此這般，我們兩人租借了單板與對應的靴子。

來到滑雪道後，只見吊椅那邊已經很多人了。

而且對新手來說，上下吊椅便是第一道關卡。

因為左腳固定在雪板上，幾乎只能單以右腳前進，一旦要上坡真的不太容易。我到現在依舊不太會在滑單板時上下吊椅。

「嗯。」

對於連吊椅乘坐處的平緩上坡都不太能上去的我，燈子學姊默默地伸出手。

「不好意思。」

有燈子學姊助一臂之力，我終於能夠登上吊椅乘坐處了。

甚至連坐上雙人吊椅之際，燈子學姊也壓住吊椅，讓我比較好坐上去。

「我看起來很遜呢。」

乘上雙人吊椅的我多少有些尷尬，於是如此表示。

「照理說應該是男生扶持女生……但完全都是燈子學姊在幫我呢。」

「別在意那種事情！」

燈子學姊像是要更加強調般地這麼說：

「無論是誰，一開始都不會那麼熟悉，也有擅長與不擅長的區別啊。沒必要因為那種小事而覺得『自己看起來很遜』喔。」

「然而擅長運動的男生還是比較帥吧？」

「一色不是很擅長滑雙板嗎？單純只是不習慣滑單板吧。」

「嗯，是這樣沒錯。」

「而且……」

有一瞬間，燈子學姊欲言又止。

「而且？」

我一回問，燈子學姊便看向遠方。

「擅不擅長運動那種事，只是很表面的部分吧。一個人真正的魅力並沒有辦法靠它來決定喔。」

聽見這番話之際，我恍然大悟。

儘管我每項運動都揮灑自如，但反過來說，無論哪項都沒有到達所謂頂尖的程度。

而人是會以自身標準評價他人的生物。也就是說，我把「擅不擅長運動」當成「男生的價值之一」來考量。

「至少我不會用那種要素來評價一個人喔。比起來，我覺得面對自己做不到的事情，仍願意努力的人更帥氣。」

「說得也是。」

我很開心。是啊，燈子學姊並不是那麼膚淺的人。

「另外～昨天你不是曾來幫我嗎？所以今天我能像這樣幫你，感覺挺好的喔！」

一看向我這邊，燈子學姊便笑著這麼說。

拜此之賜，我的心情也輕鬆許多。

「那就恭敬不如從命，請學姊多多指教了。」

「很好！今天我會好好鍛鍊你，你可要精進自己喔！」

話才剛說完，她便看似慌張地補上一句：

「啊，但也不希望你一直把我當年長的姊姊喔！我們的年紀就差一歲，有時候我果然還是會希望有人能帶著我走。」

望著臉色慌張的燈子學姊，我湧現這樣的想法。

時而像個年長的姊姊，時而像個可愛的女孩子，時而又宛若內心纖細的少女……
燈子學姊的魅力真的有好多好多啊……

很快地，我在下吊椅後的斜面跌了一跤。
還被後面一大群人撞見，超級丟臉的。
在那之後，燈子學姊說著：「要先學會滑單板跌倒的方式呢。」教導了我。
在跌倒之際像我這樣一屁股坐下去，或是用膝蓋、手臂支撐，似乎是不對的。
往後跌倒時要照順序，像是屁股↓背後這樣。
往前跌時則是把身體全力拋射般的感覺。
試著照著做之後，我發覺受到的衝擊確實較少。
就這樣在燈子學姊的教導下，我再次練習起滑單板。
儘管有些動作仍舊會不小心依循自己的習慣，不過練了兩小時後，我現在已經滿會滑了。
「不錯、不錯！你學得很快耶。應該差不多可以滑中級者路線了吧？」
「沒有啦，都是燈子學姊很會教喔。要是我獨自練習，眼下一定還跪在斜面上爬吧。」
「沒那回事，一色真的學得比我還要快很多。看來你的運動神經本來就很好呢。」
「請學姊別太誇獎我，不然下次摔倒時我會很丟臉的。」

我嘴上這麼說著，心裡卻相當開心。實際上，我對自己的運動神經還算有自信。

「感覺到了今天尾聲，你滑得就會比我好了。」

不曉得是不是因為受到燈子學姊這麼說的加持，到了下午，我真的變得滿會滑的。

當然，跳起來那些我依舊辦不到，不過初級、中級路線倒是能毫無問題地滑完。

一旦雙板跟單板都能滑，就覺得真的充滿樂趣。

我跟燈子學姊並肩滑雪。兩人滑出的軌跡呈現柔和的曲線，相互交錯。

儘管我們沒有手牽手或是做出什麼親暱舉動，但我仍覺得「跟她一起滑雪很開心」。

滑行時看著對方的臉交換眼神、有時停下來等待對方，或是彼此像在輪替位置般地交互滑行。

這種小細節實在令人雀躍。

而且乘上吊椅時——

這段時間就是僅屬於我和燈子學姊的兩人世界。

我們會討論剛才滑雪的狀況，也會就吊椅上能看見的風景表達感想。此外還會講些大學或同好會的小八卦之類的。

午餐則是到離滑雪道有段距離的餐廳吃。

我點了豚骨拉麵。出乎我意料的是，燈子學姊點了關東煮套餐。

「學姊吃關東煮嗎？」

我不禁這麼問她。

「是啊。怎麼了，這樣子不好嗎？」

「倒也不是。只是覺得燈子學姊給人的印象跟關東煮不太搭。」

「啊～你不曉得滑雪場這邊的關東煮有多好吃對不對？那我分一點給你。而且信州可是蒟蒻的名產地喔。」

她這麼說著，有些得意地笑了。

這種自在地表現真我的態度，以及對於自己愛好的事物，能不在意周遭眼光直接稱讚的個性，我覺得都是燈子學姊魅力的一部分。

事實上，誠如燈子學姊所言，在滑雪場吃到的關東煮相當美味。圓圓的蒟蒻很有咬勁，十分入味且可口。也讓身體暖和了起來。

作為關東煮的交換，我也分了點拉麵給燈子學姊。前天晚上雖然沒能接吻，總之就先用這種間接接吻的方式替代吧。

這天是我打從心底感到過得相當開心的一天。

然而快樂的時光總是過得特別快。

接近下午四點，感覺「應該只能再滑一趟吧」之際，我們在吊椅等待處跟一美學姊、同好會女性中心人物四人組（二年級的美奈學姊、麻奈實學姊，一年級的綾香、有里）齊聚。

「哦，傳聞中的情侶登場了呢。」美奈學姊這麼說。這個人還是一樣，想到什麼就講什麼。

「妳又來了，馬上就說這種話。」麻奈實學姊如此指責。

「可是今天燈子學姊的表情很開朗喔。」這麼說著的是一年級的綾香。

「我也這麼覺得。外宿期間，燈子學姊感覺有些低氣壓，但今天看起來滿開心的。這就是一色的威力嗎？」這樣開玩笑的人是有里。

「等、等等，妳們在說些什麼啊！別說奇怪的話啦！」

燈子學姊慌張地這麼說，一美學姊則是斜眼看她而摟起我的手臂：

「好～～那最後一趟一色就由我帶走啦。一色，你這趟就跟我一起坐吊椅吧！」

她這麼表示，把我從燈子學姊身邊拉開。

如此這般，變成我跟一美學姊一起、燈子學姊跟美奈學姊一起、麻奈實學姊則跟綾香一起上了吊椅。而有里是跟之後才來的別人一起上去。

乘上吊椅不久後，一美學姊便開了口：

「所以說，你跟燈子之間氣氛怎樣？順不順利？」

果然是為了問這個啊。可是我不知道該怎麼回答她的問題才好。

「問氣氛怎樣……說順不順利的話，是還滿順利的。然而要說有沒有什麼特別的變化，倒也真的是沒變化的感覺。」

「什麼啊？」

一美學姊笑鬧道。

「我今天非常開心。不僅能跟燈子學姊聊上許多話，也覺得兩人之間的奇怪疙瘩都消失了。」

「嗯嗯，然後呢？」

「不過若說這樣有什麼戲劇性的變化，我覺得沒有。」

我回想起燈子學姊昨晚在露天浴池說過的「兩人之間還隔著一道牆」這句話。

對，我們之間隔著一道牆。

那道牆到底是什麼，又有多厚？即使是我也難以知曉。

「原來如此啊。」

一美學姊像是理解了什麼般地這麼說。

「就像大家說的，昨晚到今天的燈子整個人都開朗起來了，我才想說應該是有什麼進展……但你們的個性都滿難搞的呢。」

……我們的個性……都滿難搞的嗎？

此時，一美學姊的手繞過我的肩膀。

「真沒辦法。就由我這個一美大姊姊在外宿的收尾多為你營造一次機會吧！」

「妳、妳打算做什麼？」

我可不太希望她為我做出什麼多餘的事情啊。

「畢竟一色似乎也很努力了，算是給你的一點小獎勵吧？」

一美學姊對我拋了個媚眼。

儘管我保持沉默，內心卻被不安籠罩。

飯店人員很貼心地讓滑完雪回去的我們使用澡間。

滑完雪之後，果然還是會想洗洗身體。

在更衣間換上平時的便服後，我們便在到達之際也曾使用過的「行李置放處兼休息室」等待巴士。

到了晚上九點半，回程的巴士終於來了。

中崎學長對所有人呼喊：

「巴士已經來了，大家拿起行李上去吧。自己的東西都要記得帶好。垃圾也別忘了帶回去喔！」

或許是因為滑雪滑累了，大家動起來的感覺都顯得有氣無力。

正當我們走出飯店，在巴士前面集合時——

一美學姊突然走過來，把手搭到明華肩上。

「明華，聽說妳是讀市女的？」

「咦？是的。」

突然被人這麼搭話，明華似乎有些驚訝。

「我以前也讀市女。妳知道排球社顧問那個松山嗎？教歷史的。」

「嗯，我們班的日本史也是松山老師教的。」

「這樣啊？真懷念耶～我啊，高二時的班導是松山喔。他雖然是個大叔，卻很喜歡少女漫畫，妳知道嗎？」

「不知道耶。原來是這樣嗎？」

「總覺得好開心喔，沒想到久違地能像這樣聊起市女的事呢。」

看似開心的一美學姊，帶著滿臉笑容面向明華。

「對了！回程的巴士啊，妳來坐我旁邊吧。」

「咦？」

「我想聽聽市女現在的情況跟老師的事情之類的。相對地，我也會告訴妳各種小八卦喔。」

一美學姊像是要纏住明華般地把手臂繞過她的肩頭。

接著看向我：

「如此這般，不好意思，一色就跟我換個位子吧！我會去坐明華旁邊。」

明華慌張失措地看向一美學姊。

然而學姊讓這件事變成「既定事項」，不讓她有任何機會回嘴。

「那麼，我們就先上巴士啦。啊，石田坐我們前面喔？那你拿好這個！」

這麼說著的一美學姊把裝有啤酒的便利商店塑膠袋遞給石田，然後像是要把兩人拖走般地直接上車。

……所謂的在收尾營造機會，看來是這麼回事吧……

儘管有些傻眼，但我的嘴角帶了點笑意。

回過神來，只見燈子學姊站在身旁。與我四目相交的她，露出看似有些困擾的笑容。

但她應該也知道一美學姊剛才那樣是在為我們著想。

「那我們也上車吧？」

「好！」

我不禁做出精神奕奕的回應。感覺有點害羞。

我跟燈子學姊在從前面算來第三排右側的位子並肩而座。

燈子學姊坐靠窗，我坐靠走道的位子。

所有人都就座後，巴士在夜間的雪路上緩緩發車。

……滑雪外宿就這樣結束了啊……

總覺得有些寂寞。這或許就是「慶典後的寂寞感」吧。

「滑雪外宿就這樣結束了呢。」

燈子學姊望著窗外，細語般地低聲說著。

「是啊。三天兩夜一下子便過去了。」
「就這樣回去，感覺有點寂寞呢。」
「我也這麼覺得。」
我們以不讓周遭其他人聽見的細微聲音交談。
「我啊，其實一直很猶豫要不要參加這次的滑雪外宿。畢竟我是流言蜚語的中心，果然在很多方面上都會覺得尷尬。」
對，燈子學姊起初表示「不會參加外宿」。
儘管燈子學姊自己好像不記得，但她喝醉酒之際也說過一樣的話。
「可是一色都說要去了，我才會決定也要參加。」
因為我參加才會來……光是這句話就讓我開心無比了。不過我很在意一件事……
「學姊會覺得能來參加很好嗎？」
「嗯，很好喔。雖然只有在最後一天，不過我像這樣跟你說上了許多話呀。」
她看向我，露出似乎有點害羞的表情：
「只要跟你在一起，開心時我總是可以直率地想著『很開心』喔。我很感謝你。」
「不會，我才該謝謝學姊。」
我停頓了一下，隨即小小聲地補上一句：
「光是燈子學姊願意待在身邊，就讓我覺得好幸福。」

不過我說出的這句話，跟巴士車輪用力撥起積雪的聲音重疊了。

「你剛才說了什麼？」

燈子學姊回問。

一回想起方才說的話就覺得害羞，讓我沒辦法再說一次。

「沒有，什麼都沒有。」

「真令人在意～」

燈子學姊這麼說著，微微一笑。

這句話的口吻相當可愛，我也不禁露出笑容。

跟前往滑雪場時不同，回程的巴士裡非常安靜。大家果然都累了吧。

車內照明也是讓人容易入睡的微暗燈光。

小小聲交談的我們，也自然而然地變成頭部相依的姿勢。

……如果要提起「重新過耶誕節」的事，只能趁現在了吧……

倘若就這樣進入假期，總覺得又會錯過聯絡燈子學姊的機會。

「燈子學姊，妳接下來的假期有什麼行程嗎？」

「啊，真過分～一色忘記了嗎？『重新過耶誕節』的事情。」

「怎麼會！我當然記得啊。我就是要談這件事，才想說要詢問燈子學姊的行程。」

「原來是這樣啊，那就好。」

燈子學姊恢復笑臉。今天的她就像少女一樣表情多變。

「雖然有家庭教師的打工，不過安排好的行程應該也只有這個吧？因為我的學生是考生，沒辦法休假就是了。」

「家庭教師的打工是在星期幾呢？」

「週二跟週四，一週兩次。雖說週末偶爾也會被拜託，但事先決定好行程的話應該沒問題。」

「那下週三如何呢？我想『丸之內點燈』應該還沒結束喔。」

「ＯＫ～！餐廳之類的也決定好了嗎？」

「不好意思，還沒決定。不過我一定會提早聯絡學姊的。」

「吃哪間都行喔。不要想太多，輕鬆規劃吧。」

震動忽然減少了。巴士已經駛上高速道路。

橘色的照明光線從窗外照了進來。

「要回家了，果然讓人很寂寞呢。」

「會想再待個一週左右吧。」

「只有一週嗎？」

燈子學姊小小聲地詢問。

「不，可以的話想要更久……」

我在心中加上一句「只要能跟燈子學姊在一起」。
「說得也是，還想再來玩呢。」
這麼說完後，燈子學姊就「啊呼」打了個小呵欠。
「我們找時間再一起來吧。」
「就算不是來滑雪應該也不錯呢。」
「是啊，露營之類的也好。」
「泡溫泉也挺開心的。」
「是啊，我還想再泡露天浴池。」
「下次我們兩個人一起……」
燈子學姊的句尾逐漸變得小聲。
「兩個人一起？」
我這麼回問，然而她沒有回應。
定睛一瞧，只見燈子學姊閉上了眼睛。
隨著胸口緩緩地上下起伏，我聽見她入睡的輕微呼吸聲。
燈子學姊把頭擱在我的肩上，靜靜地睡著。
我也感受到睡意急遽地一擁而上。
我放鬆力氣，閉上眼睛。

與燈子學姊相互接觸的部位既溫暖又舒服。

感覺讓人非常放心。

配合巴士的振動，我也在不知不覺間把頭靠向燈子學姊。

啪噠！

燈子學姊的左手落到我的右手上頭。

我感受著那隻手的觸感，同時落入好像要把人吸走般的睡意。

隔著閉起來的眼皮，我微微感受到晨間的光輝。

宛如在深海裡頭漂流一陣子後，硬是被拉出水面的感覺。

我皺著一張臉，微微睜開眼睛。

周圍已經不是雪景，而是以混凝土打造的大廈叢林。

看來已經到東京了。這地方……應該是池袋附近吧？

我感受到右臉頰傳來溫和的吐息。

轉動眼珠一看……極近距離有著燈子學姊的白皙臉蛋！

我跟燈子學姊是頭靠頭，身體也靠在一起睡著的。

……這是在外宿期間第二次看見燈子學姊的睡臉了啊……

我想盡可能多體會一下這種感覺……

雖然這麼想，但或許是因為我醒過來而改變了頭部位置，燈子學姊也發出「嗯」的聲音，頭部就這樣離開了。

總覺得有點可惜。

過了三十分鐘後，巴士抵達大學正門附近。

「各位，我們到達嘍。辛苦啦。」

這樣廣播的中崎學長聲音聽起來同樣充滿睡意。

燈子學姊也醒了過來。

「早安，已經到了嗎？」

「學姊早安。是啊，剛到而已。」

「嗯～～意外地睡著了。我是那種換枕頭就會睡不著的人呢。」

「一定是因為學姊真的很疲倦了。」

這麼說著的我，從上面的架子把燈子學姊跟我的行李拿下來。

所有人都下了巴士後，中崎學長再次對大家宣告：

「那麼，這次很感謝各位參加。不過到回家前依舊都是外宿，回家路上也要小心。」

聽完這句話，大家就解散了。

「那我們也回去吧。」

石田這樣向我搭話。

我們幾個人的路線都一樣。我跟石田、明華要到ＪＲ幕張站，隔一站的ＪＲ新檢見川站則離燈子學姊跟一美學姊家最近。

所以眾人自然而然地會一起回去吧。

然而這時，明華迅速地靠近燈子學姊。

她站到燈子學姊面前。

……這是什麼情形……我不禁這麼想，凝視著她們兩人。

「燈子小姐，這次給妳添了許多麻煩。」

明華這麼說，輕快地低下頭。

……什麼啊？原來她是想對燈子學姊道歉啊……

我這麼想而鬆了口氣的時間非常短暫。

「可是我們還沒分出勝負。我想今後依舊會給妳添麻煩，麻煩妳多多指教了！」

……咦，她在說什麼……？

我一瞬間還以為是自己聽錯了。

不過同樣在現場的石田與一美學姊也都睜大了眼睛。

只有燈子學姊感覺很沉穩地浮現笑容。

「這樣啊……」

對明華來說，這句話似乎是火上加油。

她以熊熊燃燒般的目光瞪向燈子學姊，如此放話：

「我才不會輸呢！既不會輸給燈子小姐，也不會輸給任何人！」

這麼說完後，她便一個轉身，獨自朝車站走去。

「喂，明華！」

連石田叫住她的聲音也不理會。

我同樣愣在原地，凝視著她的背影。

有人拍了我的肩膀一下。

轉過頭一看，只見是一美學姊。

「看來會有一場暴風雨耶，一色。」

她以半是傻眼，半是看好戲的表情這麼說。

這跟出發時的台詞完全一樣呢……

我不禁嘆氣。

……真的是暴風雨來襲的預感。我們之後究竟會怎樣呢……

我一邊這麼想著，一邊看向燈子學姊。

十一 重新過耶誕節

東京車站丸之內南口。

我正在出了驗票口的位置。

東京車站丸之內這側一般稱作「紅磚瓦站舍」，修護成舊東京車站的模樣。

而丸之內南口這裡就充滿了那種風情。

天花板呈現穹頂狀，讓人聯想到以前的鹿鳴館那類建築物。

我望著穹頂上裝飾的各種雕刻。

「久等了！」

有個開朗的聲音呼喚著我。

是燈子學姊來了。

「你在看什麼呢？」

「上面的穹頂。感覺還挺細緻的。」

我指向天花板的部分。

「的確，這裡的浮雕很有名呢。」

「有鳥類。另外圓形的不曉得是什麼。」

「據說圓形的是生肖的浮雕。還有那隻鳥應該是鷲吧？」

這樣啊，我還以為是雞呢。

「那個是劍的浮雕吧。」

燈子學姊指向半圓形的部分。

原來那是劍啊。我看起來只覺得是一般的圖案。

總算獲得解答的我，目光轉向燈子學姊。

今天她的上衣是白色的高領厚毛衣，下身則身穿有著細緻打褶的棕色迷你裙，外頭套上鮭紅色的短版厚大衣。

她平時的服裝大多給人沉著穩重的感覺，今天的裝扮卻很像個少女。氛圍與平時不同，讓我覺得有些害羞。

「那麼，我們出發吧？」

為了掩飾這份羞澀，我如此表示。

首先要吃晚餐。我已經為此先訂好位了。

之前東想西考慮了一堆，最後選了餐酒館。我覺得就像果憐說的，我這種「戀愛新手」還是別顧著耍帥，選個不太會出錯的地方比較好。

服務生來詢問我們要點什麼飲品。

我只能選無酒精的飲料。不過燈子學姊也對服務生說：「點一樣的就好。」

「學姊不必顧慮我，想喝什麼就點什麼吧。」

她卻搖了搖頭：

「我們都難得來約會了，兩人點一樣的比較好喔。喝酒就等一色二十歲以後再說吧。」

「啊～那還得再等半年以上呢。」

「你什麼時候生日？」

「十月四日。」

其實我的生日與果憐離得很近。但我不太在乎過不過生日，沒多久後又發生了那起事件，所以完全忘了。

「那你值得紀念的二十歲生日，要不要一起去喝個酒？」

「一定要。能跟燈子學姊一起度過，就是我最棒的生日了！」

「這樣啊？那就不需要生日禮物嘍？」

她這麼說著，露出惡作劇般的微笑。不過對我來說那種事怎樣都無所謂。

「不用禮物。但相對地，請學姊保證在我生日那天會跟我一起去喝酒！」

「我知道嘍。只是還要等上好一陣子呢。」

燈子學姊這麼說著，笑了出來。

「燈子學姊的生日是什麼時候呢？」

「我是八月三日，剛好在暑假中間，所以小時候沒有朋友為我慶祝生日的經驗呢。」

「既然如此，學姊下次生日就由我來慶祝！」

「真的？可是你會記得嗎？我生日就在大學的考試後不久，你會不會考完鬆懈便忘記了？」

「不會有那種事的！我現在就記到行事曆上！」

「嗯，我會好好期待的。」

她這樣說著，再次以溫柔的笑容面對我。

我們點的菜端來了。

鱒魚凍派、醃紫高麗菜與醃紅蘿蔔、燻鴨肉生火腿起司拼盤、菠菜濃湯、義大利辣椒番茄斜管麵、側腹橫肌牛排等。

「吃甜點前要先進行第一項活動嗎？」

我想說要活用吃飯當中的空檔而如此表示。燈子學姊也說了聲：「好啊。」打開手提包。

我同樣從之前手持的紙袋中拿出有著特別包裝的盒子。

「那我們數到三就一起遞出來吧。一、二～～三！」

隨著燈子學姊的吆喝聲，我們遞出手上的物品。

這是在交換禮物。

「你送了什麼呢？」

「請別太期待。不是什麼很厲害的東西。」

實際上，的確不是什麼高檔貨。原因之一是燈子學姊——

她事先提議：「不要選太高價的物品。把金額上限定在五千圓吧？」

她是考量到我手頭的狀況才這麼說的。

我打開禮物包裝，裡頭是高級原子筆。

率先說出感想的則是燈子學姊：

「哇，是相框耶。周圍還有貼上貝殼。好可愛！」

「我想說不會占空間，又有紀念性質的物品應該比較好。」

「謝謝。我想把跟你一起去的那次房總一日約會的照片擺出來，正想要相框呢。回去後我就立刻拿來用喔。」

「能收到這麼氣派的原子筆，我也很高興。真的很謝謝學姊。」

「畢竟成年後書寫各種文件的機會也會變多，我想說送原子筆應該很合適。」

當她這麼說完後，甜點便端來了。

我們邊吃甜點邊聊著滑雪外宿的事，以及大學裡的事情。

……燈子學姊其實還滿常露出笑容的……

遠觀之際，老實說她給人一種「冰山系美女」的印象。

可是像這樣兩人一起聊天，她便會自然而然、無憂無慮地笑出來。

我覺得自己想一直看著她這樣的笑容。

聊了快一小時之後，我們離開了餐酒館。

這是為了今晚的重頭戲——也就是欣賞點燈。

我們從東京車站往日比谷的方向漫步，走在被ＬＥＤ燈光點綴的行道樹通道上。

「哇啊，好漂亮喔。之前這裡被介紹成『香檳金』，沒想到真的跟香檳很像呢。」

「對耶，好像這些樹木都有香檳的泡泡附在上面一樣。」

有許多人跟我們一樣欣賞著燈飾。

其中也有像我們這樣看起來在約會，明顯是情侶的人。

不過真正的情侶會手牽手或摟手臂，讓我滿羨慕的。

……只是牽個手，不知道行不行呢……

我從剛才開始就一直想著這種事。

「啊，對了。」

燈子學姊的聲音打斷了我的思考。

她再度在手提包裡翻找著。

「來，這給你。」

遞出來的，同樣是個經過特別包裝的盒子。

大小像是一本書，上面還綁著緞帶。

面對一臉詫異的我，燈子學姊臉上浮現看似掩飾害羞的笑容，這麼說道：

「雖然晚了一點，情人節快樂。」

「謝、謝謝學姊。」

我凝視剛收下的盒子一陣子。

「沒想到我會從燈子學姊手上收到這個呢。」

儘管我心裡多少曾懷抱著「說不定情人節也會收到燈子學姊的巧克力」的期待，不過二月十四日什麼都沒發生就過去了，因此我早已放棄。

「其實應該在當天給你比較好就是了。但我想就為了這個特地叫你出來，說不定會給你添麻煩。」

「沒那回事。不過我很高興能收到燈子學姊的巧克力。」

「我其實是第一次送男生情人節巧克力喔。」

燈子學姊露出靦腆的神情。

「就讀國中跟高中時，周遭雖然有到了情人節就會嬉鬧一番的女生，不過我沒辦法融入她們那群呢。」

「畢竟學姊感覺不像是會為了那種場合雀躍起來的人嘛。」

「可是啊，冬天不是有很多男女朋友間的活動嗎？大家都在約會，只有我獨自在家，總覺得有點寂寞啊。」

……這麼說也是。儘管我們自顧自地覺得燈子學姊是「人人思慕的學姊」，但她也是個普通的女孩子啊……

「另外，這是我第一次親手做巧克力，形狀不太好看。這點還請你見諒嘍。」

「別這麼說，這可是燈子學姊送我的巧克力喔。我會好好珍惜保存的。」

「別保存啦，要趕快吃才行。」

她露出苦笑。

「燈子學姊以前沒做過甜點之類的給鴨倉學長嗎？」

我一不留神就順口問了不該問的事。

只見燈子學姊的表情變得凝重不已。

而話一出口，我也覺得「糟了」。或許是我心裡頭有一部分仍在意著鴨倉吧。

「不好意思，我多嘴了。」

「嗯，不過沒關係，畢竟說不在意就是騙人了呢。我應該沒有為哲也做過料理吧，除了那個計畫的便當以外。也沒有度過像情人節那樣的活動。」

這麼說完後，她抬頭望向天空。

「但好不可思議喔。我實在很難為了哲也提起勁下廚。儘管他曾對我說過幾次『來公寓做菜』。」

此時，她的語調變得小聲了些：

「不過對你就會覺得『想為你做些什麼。希望你能吃』呢……」

我不禁低下頭。開心與害羞的感情混成一團，湧上心頭。

「不過有一部分也是因為我害怕去哲也的公寓就是了。」

聽見她這麼說，我同樣為了掩飾害羞而說了這句話：

「畢竟我是標榜安全、安心的無害男子嗎？」

「是誰那麼說啊？」

「之前石田曾這麼嘲弄我。」

「所謂安心、安全的男生並不糟呀。不，我覺得那是誇獎人的說法。會讓女生不安的男人才不好吧？」

我心中的羞澀轉變為欣喜。

燈子學姊的話語，到底為什麼會這麼動人心弦呢？

「我很喜歡一色那樣的個性喔。」

……我也很喜歡燈子學姊那樣的個性。

「不過，你偶爾再強硬一點也ＯＫ呢。」

燈子學姊這麼說著，笑了出來。

不知從哪裡傳來了音樂聲。

是我們泡露天浴池時曾聽過的曲子。

「是Moon River啊。」

一如當時，燈子學姊開口道出曲名。

「這是燈子學姊說要跳空氣土風舞時的曲子呢。」

彼此陷入沉默一陣後，燈子學姊開了口：

「要不要……牽個手呢？」

……咦……？

我不禁望向燈子學姊。

燈子學姊也看著我。她看似有些慌張地接著說：

「你想想，當時在露天浴池不是做過心理測驗嗎？我想說不如牽個手，代替那時沒跳到的舞。雖然我們沒辦法真的跳起舞來……」

「說得也是。」

真沒用啊我，這句話怎麼能讓女生開口呢？

對自己不中用的程度感到傻眼的同時，我握起燈子學姊的手。

那是纖細、柔軟、微微濕潤且溫暖的手。

或許也因為有些害羞，我跟燈子學姊就這樣沉默了好一陣子，步行在燈飾當中。

「燈子學姊有去參加外宿，讓大家都很高興呢。」

即將走到日比谷之際，我打破了沉默。

「所謂的大家是指？」

「真的就是大家喔。畢業生跟研究所學生，基本上都是衝著燈子學姊有參加才去外宿的。」

「你是聽誰這麼說的？」

「中崎學長。起初他因為很少人參加而陷入困擾，也拜託我說服燈子學姊參加。他說『無論如何，燈子學姊都是同好會的女神』。」

燈子學姊沒有立刻回我。

「所以你才會邀我？」

她的語氣中似乎帶著遺憾。

我連忙辯解：

「不，倒不是那樣。是我自己想跟燈子學姊一起去的。」

燈子學姊垂頭了好一陣子。

「之前我也說過，希望不要把我當成女神之類的。比起被一群人捧得高高在上，我更希望受到一個人珍惜。」

燈子學姊停下了腳步。我也受她影響而佇立不動。

她望向我：

「我希望能成為自己想要珍視的那個人心目中不可或缺的對象。」

我跟燈子學姊的視線交纏在一塊。

總覺得彼此的視線都帶著微妙的熱度。

「所以……我……」

嘟——嘟——嘟——！

手機的震動聲響起，嚇得我以為心臟要停了。

內心動搖過度的我，不禁拿起手機。

也因而下意識地接起電話。

「優，你知不知道？」

是石田打來的。

「咦，什麼啦？這麼突然。」

難得跟燈子學姊約會卻被打斷，讓我的語氣顯得心情不好。

我本來打算馬上掛斷電話，石田氣勢十足的聲音卻傳了過來。

「你知道大學的新活動『繆思小姐』吧？」

「嗯。」

我之前才剛在外宿時聽說過這件事。

「我是說燈子學姊要參加那個『繆思小姐』喔！」

「咦？」

我不禁看向燈子學姊。

她似乎也聽見了我們的對話內容，睜大雙眼。

「你去看一下大學社團協議會的社群網站。」

這麼說完後，石田便掛斷電話。

換成以訊息傳了網址過來。

我點選那個網址。

那是社團協議會發布的「繆思小姐」相關貼文最新的一篇。

理工學院二年級的櫻島燈子報名「繆思小姐」！

這次首次嘗試舉行的「繆思小姐」。

強調女性各種魅力的本企畫，與以前的「選美比賽」做出了區隔。

或許是因為認同本企畫的旨趣，今年有位話題人物決定參加「繆思小姐」。

那就是櫻島燈子！

她不僅具備充滿知性的美貌與出眾的身材，連舉手投足都顯得嫻淑萬分，再加上楚楚可憐的氛圍，人稱「正版城都大學小姐」並給予她相當高的評價。

然而遺憾的是，誠如眾人所知，櫻島燈子至今不曾參加文化祭的選美比賽。

這樣的她居然要參加這次的「繆思小姐」。

對於追求女生多元魅力的委員會來說，實在令人十分欣喜。

她的參與，必定會讓「繆思小姐」更加精彩熱烈。

「燈子學姊，妳要參加『繆思小姐』嗎？」

我訝異地這麼問。之前我完全沒聽說過這件事。

燈子學姊自己似乎也在大學的社群網路上發現了那篇貼文。

「怎麼會……是騙人的吧？我根本沒說過要參加。這些都是第一次聽說呢。」

「那他們到底為什麼會發出這篇貼文啊？」

我也很驚訝。連當事人都不知道就報名好了？怎麼會有這種事情？

「我不曉得。可是為什麼……」

燈子學姊同樣露出一副「搞不清楚狀況」的表情，呆愣地這麼說。

後記

各位好久不見（不曉得有沒有好久不見呢？）我是震電みひろ。

真的非常感謝各位購讀《因為女朋友被學長ＮＴＲ了，我也要ＮＴＲ學長的女朋友》第二集（對於覺得這標題令人害臊的讀者，我深感抱歉）。

我打從心底感謝在為數眾多的輕小說當中，選擇了本作品的各位。

長久以來，我的夢想就是自己寫的書陳列在書店裡頭。

本作品的第一集讓我達成了這個心願。不過出了一本之後，「我想再出一本，想寫出優與燈子的結局！」這樣的欲望便強烈地湧上心頭。

然而「小說的續集」最重要的並非作者的意願，也不是小說的劇情，更遑論是作者本人。

沒錯，最重要的是「購讀的各位讀者」！

會有這本第二集的存在，都要歸功於各位讀者的支持。

所以我在此要先對各位讀者，再次打從心底表達感謝之情。

優與燈子，以及其他的登場人物，也一定在對各位深表謝意！

由於讓各位等了一陣子，我很感謝仍願意購讀本書的各位讀者。

還有在社群網站上發文支持、傳送感想訊息，以及寄送粉絲信的各位。

儘管沒辦法一一回覆所有人，但我真的非常開心。

切身感受到「有寫小說真是太好了」的同時，我也湧起了新的創作熱情。

轉變一下話題。不曉得各位喜不喜歡第二集的內容呢？

一如第一集的後記也曾提及的，這次是以「糖分較多的戀愛喜劇劇情」為目標（因為第一集是以復仇為主）。

可是……儘管身為作者的我講這個有點怪，但女主角燈子就是「嬌」不太起來。

優也一樣，在重要時刻會東張西望，容易在不對的時機踩下油門而令人困擾。

雖然他們是虛構角色，卻不太會依照我的想法行動，讓人十分辛勞（汗）。

不過就算是這樣的兩人，依舊有一點一滴地慢慢縮短距離。

這時新登場的是石田的妹妹——明華。

讀過カクヨム版的讀者可能會覺得「奇怪，明華這角色不太一樣耶。故事內容也完全不同」。

但其實明華原本的個性就很強勢，只有在優面前會裝乖。

所以角色設定本身其實並沒有什麼變化（請當成是這樣）。
今後也預定會有她活躍的機會。
想必她會以不輸燈子的ＪＫ威力大鬧一番吧。
另外會讓各位讀者有些意外的，或許是果憐吧？
我想應該有許多讀者會想：「第一集的敵角為何會再登場？」
然而在現實中，「前女友」這種立場應該有很強大的威力才對。
因此，我其實還想讓果憐再發揮一個功用。

最後，請容我向在第二集的製作過程中關照我的各路人士答謝。
這次也如再生父母般指導我，而且從發想開始就一路陪伴我的中田責編。
接續燈子之後，同樣讓第二集的女主角明華可愛得充滿魅力的加川壱互老師。
以及將大量失誤與未統合之處逐處修正的校稿人員。
為登場人物灌注生命，讓他們栩栩如生地動起來的漫畫版作者宝乃あいらんど老師（我有許多點子是讀過漫畫版才湧現的）。
我切身體會到「出版一本書真的是團隊合作的工作」。
真的是有許多人扶持，這本書才能像這樣陳列在書店裡頭。

倘若領頭扶持的各位讀者今後也能透過作品陪伴我，實在令人感激不盡。
我衷心希望這本第二集有著不錯的銷量，讓我能在第三集與各位再次相見。

追記：
目前「月刊漫畫電擊大王」正在連載本作品的漫畫版（註：此指日本進度）。
我覺得宝乃あいらんど老師真的非常了解本作品的角色，並將他們融會貫通成自己擁有的人物。活用原作的要素，卻也有專屬於漫畫版的故事發展這點十分有趣。
我作為一名粉絲，每個月都很期待看到新一回。
也請各位務必支持《因為女朋友被學長NTR了，我也要NTR學長的女朋友》漫畫版。

身為VTuber的我因為忘記關台而成了傳說 1~3 待續

Kadokawa Fantastic Novels

作者：七斗七　插畫：塩かずのこ

衝擊性十足的VTuber喜劇，一如既往的第三集！

心音淡雪終於收到一期生朝霧晴的合作通知：「在單人演唱會的最後一段以驚喜嘉賓身分合唱！」為此，淡雪（小咻瓦）勤奮地練習，卻在首次工商直播裡說出禁忌的話語——盡被極具Live-ON特色的事件糾纏的她，究竟能不能維持住理智呢？

各 **NT$200/HK$67**

救了想一躍而下的女高中生會發生什麼事？ 1~3 待續

Kadokawa Fantastic Novels

作者：岸馬きらく　插畫：黒なまこ　角色原案、漫畫：らたん

「為了成全自己的愛情而橫刀奪愛，那我不就……」
關於「她」為了初戀及純愛糾結不已的戀愛故事。

守望著結城和小鳥的大谷翔子，發現自己對結城的愛意日漸增長，甚至被迫面臨某個重要的決定？『愛情對女人是最重要的。翔子，妳遲早也會明白這件事。』拋夫棄子，投向其他男人懷抱的母親留下的這句話，如同惡魔的囈語在大谷的腦海中揮之不去——

各 **NT$200~220/HK$67~73**

豬肝記得煮熟再吃 1~5 待續

Kadokawa Fantastic Novels

作者：逆井卓馬　插畫：遠坂あさぎ

「請看，豬先生！我的胸部變大了……！」
真傷腦筋，看來這次的事件似乎也不簡單？

總算察覺自己心意的我，想偕潔絲踏上沒有終點的旅程，因此必須奪回被占據的王朝。諾特率領的解放軍、王子修拉維斯、三名美少女與來自異世界的三隻豬，為尋求王牌而造訪北方島嶼，希望能前往反面空間──深世界。據說所有願望在那裡都會具現化……

各 **NT$200~250/HK$67~83**

義妹生活 1~4 待續

Kadokawa Fantastic Novels

作者：三河ごーすと　插畫：Hiten

意識到的感情，
是不能意識到的感情——

　　儘管兄妹關係看似有所進展，卻因各自心意暗藏而有些僵硬。在這種情況下，兩人分別有了新邂逅。碰上「因為偶然地只有一個距離較近的異性，才會喜歡上他」這種壞心眼命題的兩人，再度面對自己的感情。該以什麼為優先，又要忍耐什麼，才是正確答案？

各 **NT$200/HK$67**

國家圖書館出版品預行編目資料

因為女朋友被學長 NTR 了，我也要 NTR 學長的女朋友 / 震電みひろ作 ; 李君暉譯. -- 初版. -- 臺北市 : 臺灣角川股份有限公司, 2023.02-

冊 ; 公分

譯自 : 彼女が先輩に NTR れたので、先輩の彼女を NTR ます

ISBN 978-626-352-270-1(第 2 冊 : 平裝)

861.57 111020708

Kadokawa
Fantastic
Novels

因為女朋友被學長NTR了，我也要NTR學長的女朋友 2

（原著名：彼女が先輩にNTRれたので、先輩の彼女をNTRます 2）

2023年2月23日 初版第1刷發行
2024年8月8日 初版第2刷發行

作　　者：震電みひろ
插　　畫：加川壱互
譯　　者：李君暉

發 行 人：台灣角川股份有限公司
總　　監：呂慧君
總 編 輯：蔡佩芬
主　　編：林秀儒
編　　輯：邱瓈萱
設計指導：陳晞叡
美術設計：李思穎
印　　務：李明修（主任）、張加恩（主任）、張凱棋、潘尚琪

發 行 所：台灣角川股份有限公司
地　　址：104台北市中山區松江路223號3樓
電　　話：（02）2515-3000
傳　　真：（02）2515-0033
網　　址：www.kadokawa.com.tw
劃撥帳戶：台灣角川股份有限公司
劃撥帳號：19487412
法律顧問：有澤法律事務所
製　　版：尚騰印刷事業有限公司
ISBN：978-626-352-270-1